Gaby Bergbauer

Tödliches Spiel einer Frau

Band 3

Bibliografische Information der Deutschen Nationalbibliothek:
Die Deutsche Nationalbibliothek verzeichnet diese Publikation in der Deutschen Nationalbibliografie; detaillierte bibliografische Daten sind im Internet über http://dnb.dnb.de abrufbar.

© *2017 Gaby Bergbauer*

Illustration: Gaby & Karl Bergbauer
weitere Mitwirkende: Karl Bergbauer

Herstellung und Verlag: BoD – Books on Demand, Norderstedt

ISBN: 978-3-7431-7895-3

Ähnlichkeiten mit real existierenden Personen sind rein zufällig und nicht beabsichtigt.

1

Freitagabend 23 Uhr im Frankfurter Galapusviertel. Die alte Kneipe „Kaschemme" ist bekannt für dubiose Gestalten. Normale Menschen meiden sie. Nur eine Frau in einem schlichten, aber teurem Kostüm steuerte die Kneipe an. Ihre blonden Haare sind perfekt gestylt, sehr untypisch für diese Gegend. Ihre High Heels klackern durch die Nacht. Ängstlich schaut sie nach rechts und links, ob man sie nicht verfolgt, bevor sie die Tür öffnet und eintritt. Alle Blicke sind auf sie gerichtet. Ihr ist es sehr unangenehm. Ein Mann hob fast unmerklich die Hand. War das Alfred, ihr Kontaktmann? Die Frau ging auf ihm zu und hob kurz die Augenbraue, als sie ihn sah. Es war ein schmieriger Typ. Er passte in diese Kneipe. Ungepflegte Erscheinung. Ein Bad könnte er auch einmal gebrauchen, dachte sie sich. Eau de Cologne wäre nicht schlecht gewesen, jedenfalls für seine Mitmenschen. Er war ihr empfohlen worden. Sie sollte nicht so sehr auf seine äußere Erscheinung achten, wurde ihr mitgeteilt. Das Resultat war das wichtigste. Genau so einen Mann brauchte sie. Einer, der nicht viele Fragen stellt, und tat, was sie wollte.

Nein ihren Namen wollte sie auf keinen Fall preisgeben. Sie musste auf der Hut sein. Mit einer Handbewegung deutete er ihr an, dass sie sich setzen sollte. Er bestellte ihr einen Wein, lieblich sollte er sein.

Einer vom Tresen rief: »Alfred, ist das deine neue Flamme?«

»Halt die Klappe und kümmere dich um deinen Kram«, erwiderte Alfred und schaute diese Frau wieder an. Da wusste sie, dass er der Richtige war.

»Alfred, ich hörte, auf dich ist Verlass.«

Aha, so schnell sind wir beim Du, mir soll es recht sein, dachte sich Alfred.

»Kommt ganz darauf an, was du möchtest und wie viel du bereit bist, zu zahlen«, grinste er und sah sie herausfordernd an. Eine heiße Braut dachte er sich. Sehr schlanke Erscheinung, kommt garantiert aus der High Society. Etwas unpassend für diese Kneipe. Würde mich nicht wundern, wenn draußen die Fotofritzen auf sie warten. Er las schon die Schlagzeile: »Was sucht eine hübsche Frau in diese Gegend?« Ob das wirklich so schlau war, so aufgebrezelt hier zu erscheinen?, er schüttelte den Kopf. Da kann ich gleich meinen Preis erhöhen, und in Gedanken rechnete er sich seinen neuen Preis aus.

»Ich zahle gut und nach getaner Arbeit«, sie dachte, sie hätte leichtes Spiel mit ihm.

»Nein, so läuft das nicht, entweder du spielst nach meinen Regeln, oder du suchst dir einen Anderen. Immerhin muss ich letztendlich meinen Kopf hinhalten.«

»OK, die Hälfte, wenn es losgeht und die andere Hälfte, wenn alles getan ist. Nenn mich einfach Eva.«

Alfred spürte, dass ihr Name falsch ist. Das war ihm egal. Sie hätte ihm auch eine Nummer angeben können. Er wollte nur das Geld und dann tat er alles, was seine Auftraggeberin von ihm wollte. Skrupel? Nein, die kannte er nicht. Das hatte er sich schon lange abgewöhnt. Das Leben hat seine eigenen Gesetze.

»Ich möchte, dass eine bestimmte Person aus dem Leben verschwindet, wie du das machst, bleibt dir überlassen. Es muss nach einem Unfall oder Selbstmord aussehen. Das ist ganz wichtig.«

»Du kannst dich auf mich verlassen. Für diese kleine Gefälligkeit sind 20.000€ fällig. Wann soll es starten und wen soll ich das Leben aushauchen?«

»Du bekommst alle Daten, wenn es soweit ist«, damit stand sie auf und ging aus der Kneipe. Alfred sah ihr nach.

Dan ließ sein Leben Revue passieren. Er war jetzt 39 Jahre alt und saß in seinem Büro im neuen Haus in Hofheim, das sie seit Oktober ihr eigen nennen dürfen. Nach dem plötzlichen Tod von Maras Vater suchte er gleich ein Haus mit Einliegerwohnung für ihre Mutter. Martin fiel am 08. Juli im Garten einfach um. Er hatte den 2. Herzinfarkt und der war tödlich. Auch wenn der Schmerz noch so groß war. Genauso hätte sich Martin das gewünscht. Das war auch für Maria, Mara und Ilona ein kleiner Trost. Und für Martin war es immer der blanke Horror, einmal sinnlos dahinzusiechen. Oft sagte er:
»Dann lieber einfach tot umfallen und auf der Wolke mit ner Harfe spielen.« Niemand ahnte, dass es doch so schnell gehen würde.

Das Haus in Hofheim hat genug Zimmer, falls seine Familie einmal zu Besuch kommt. Oh was war das wieder mit Mara ein Kampf. So viel Geld für ein Haus. Dan musste schmunzeln. Sie kann sich immer noch nicht so richtig daran gewöhnen, dass das Geld nun einmal da ist. Mit ihren zwei Kindern, Dennis 4 Jahre alt und Bea 2 Jahre alt, haben sie ihre Familie komplett gemacht. Vergessen sind die Nächte ohne Schlaf. Beide Kinder sind sehr quirlig und das freute ihn. Sie sind sein ganzer Stolz neben Mara. Was Dennis schon für Fragen stellt, Dan musste lächeln.

Nun wohnt seine Schwiegermutter in der Einliegerwohnung und alle sind glücklich. Klar der Mann fehlt Maria. Wir können ihn nicht mehr zurückbringen. Aber sie blüht mit ihren Enkelkindern auf. Sie geben ihrem Leben wieder einen Sinn. Bei der Geburt von Bea war Maria eine große Hilfe. So brauchten sie keinen Babysitter. Das war eine gute Entscheidung, dass Maria mit im Haus lebt. Er hatte auch nie Probleme mit ihr. Seitdem kann Mara auch wieder halbtags arbeiten gehen. Es war ihr großer Wunsch, nicht nur Mutter und Hausfrau zu sein. Für die groben Arbeiten im Haus haben sie ihre Putzfrau. Mara liebt ihren Beruf zu sehr und im Schauspielhaus freute man sich, als sie wieder arbeiten ging, auch wenn es jetzt nur halbtags war.

Alles schien perfekt, bis diese neue Mitarbeiterin im Schauspielhaus anfing. Nora-Marie heißt sie und sie ist ständig bei mir. Das missfällt mir ganz gewaltig. Ihr Gesicht kommt mir bekannt vor, nur fällt mir nicht mehr ein woher. Mara wird das nicht gefallen, er sah schon Probleme auf sich zukommen. Sie war fast eine Kopie von Mara, nur etwas schlanker.

Mara war sehr argwöhnisch der neuen Kollegin gegenüber. Sie sieht fast wie ihr Zwilling aus. Blonde lange Haare, wie auch Mara sie hat. Genauso hochgesteckt. Gut, dass sie mit ihr nichts zu tun hat. Sie ist oft bei Dan. Was passiert, wenn sie mittags nach Hause geht und diese Nora-Marie ständig in seiner Nähe ist?, dachte sich Mara. Sie hatte keine Lust, dass sie noch mehr Probleme bekommt. Die letzten Jahre haben ihr gereicht. Mara ging zu ihrer Freundin Nele.

»Hi Nele, wie geht es dir?«

»Soweit ganz gut, ich bin, so froh, wenn diese Schwangerschaft zu Ende ist. Mit dem 1. Kind hatte ich nicht so viele Probleme. Ich glaube, da kommt ein Afrolook raus, so schlimmes Sodbrennen habe ich. Der Arzt kann sich das auch nicht erklären. Ich kann nicht so viele Medikamente nehmen. Und wie geht es dir?«

»Du hast nur noch ein paar Wochen. Warst du schon mal bei einer Homoöpathin? Vielleicht gibt es etwas aus der Natur, was dir helfen kann.

Sage mal, was ist das für eine Tussy, die fast wie mein Zwilling aussieht? Sie scheint nur ein paar Jahre jünger zu sein. Kennst du sie näher?«

»Ich habe sie schon gesehen, als sie bei Dan war. Bei mir ist sie auch öfters. Man die nervt vielleicht. Fragt mich immer nach Dan. Ich habe ihr gesagt, sie soll doch Dan oder dich fragen. Glaubst du, sie will was von Dan? Ihr seid ein Traumpaar, da kann bestimmt keine andere Person einbrechen.«

»Ich weiß auch nicht«, sagte Mara. Bei mir war sie noch nicht, außer bei der Vorstellung, als sie hier anfing. Na ja, man muss sie im Auge behalten. Ich habe gleich Feierabend. Kommt ihr am Samstag zum Grillen?«

»Klingt gut, ich rede mit Karsten. Er holt Marcel von der Oma ab. Ich ruf dich nachher an.«

Mara ging diese Nora-Marie nicht mehr aus dem Kopf.

»Hi Dan«, säuselte Nora-Marie. »Kannst du mir bitte mit der Schablone helfen? Ich bekomme sie nicht in die Halterung.« Dabei sah sie zu, dass ihr Dekolleté gut sichtbar war. Wenn er sich zu ihr beugte, musste er ihren Brustansatz sehen.«

»Ich habe nicht viel Zeit, lass mal sehen.«

Dan bemerkte ihre Haltung schon, versuchte aber neutral zu bleiben und wollte ihr mit der Schablone helfen. Immer wieder wanderte sein Blick zu ihrem Dekolleté. Nora-Marie bemerkte das und grinste. Das hat doch schon immer gewirkt. Ich habe auch keine zwei Kinder, bei mir ist noch alles schön straff, dachte sie. Wie zufällig berührte sie seine Hand. Dan zog seine Hand schnell zurück. Dann hatte er die Schablone in der Halterung und gab sie ihr.

»Hier hast du sie«, und er wollte schon gehen. Da hielt sie ihn auf.

»Dan können wir nicht einmal einen Kaffee trinken gehen? Dabei streckte sie ihre Brust noch etwas hervor.

»Sorry ich habe keine Zeit, ich muss noch einiges zum BBQ besorgen.«

»Aber hier in der Kantine kann es doch mal möglich sein, oder?« Sie sah ihn fordernd an.

»Vielleicht ein anderes Mal«, meinte er und ging wieder in seine Werkstatt.

Puh, dachte Dan, die war ja heiß. Ob sie das mit jedem männlichen Kollegen macht? Ich muss mal Günter fragen. Er ging zu Günter. Und erzählte es ihm.

»Echt, die ist kalt wie ein Fisch. Ich habe sie mal versucht anzubaggern. Keine Chance. Du scheinst ihr Typ zu sein. Lass das nur nicht Mara hören. Die sieht ja fast wie ein Zwilling von Mara aus.«

»Oh je, lieber nicht, sie hat es schon schwer genug. Sie leidet immer noch wegen dem Tod ihres Vaters, und die Kinder fordern sie auch ganz schön. Ich werde versuchen, mir Nora-Marie vom Hals zu halten.«

»Na holla, du kennst sie schon beim Vornamen?«, witzelte sein Freund.«

»Wieso, jeder nennt, sie doch so.«

»Nee mein Lieber, bei mir hat sie sich mit ihrem Nachnamen vorgestellt.« Dan staunte.

»Na ja, ich bin mit meinem Auftrag hier eh bald fertig, dann muss ich nach Heidelberg. Ist ganz gut so Günter.«

»Hast du noch weitere Aufträge im Schauspielhaus?«

»Ja, so schnell lassen sie mich nicht gehen, ich bin in 4 Tagen wieder hier«, Dan grinste und ging zu seiner Arbeit.

Karsten rief bei Mara an und sagte das BBQ ab. Er musste Nele ins Krankenhaus fahren, weil es das Kind sehr eilig hat.

»Ich bin mit ihr im Krankenhaus, ich melde mich dann bei euch, wenn es da ist.«

»Karsten, bitte drücke Nele von mir. Wir wünschen euch alles Gute.«

»Danke liebe Mara, wird schon gut gehen.«

Das BBQ fiel aus. Mara war viel zu aufgeregt, wie es Nele ging. Sie wartete am Telefon. Fünf Stunden später wurden Nele und Karsten Eltern eines Jungen, namens Lucas. Obwohl er 3 Wochen zu früh kam, brauchte er nicht mehr in den Brutkasten. Nele konnte auch schon am 2. Tag das Krankenhaus verlassen. Die Freude war sehr groß und Mara wurde Taufpatin vom kleinen Lucas, wie auch schon bei Marcel. Nun hatte Nele alle Hände voll zu tun, mit zwei Kindern. Sie und Karsten liebten ihre Söhne.

Ein Jahr später zogen Nele und Karsten in ihr neues Haus. Gerne hätten sie noch ein drittes Kind bekommen. Platz war genug vorhanden. Es war wohl der Stress, warum es nicht klappen wollte.

Nora-Marie versuchte weiterhin bei Dan zu landen, bisher ohne Erfolg.

2

Mara und Dan luden wieder zu einem BBQ ein. Sie liebten es mit ihren Freunden und Familie, zusammen zu feiern. Auch die Kinder freuten sich, wenn ihre Freunde, Nichten und Neffen zu Besuch kamen. Mara war immer noch sehr skeptisch wegen Nora-Marie. Sie konnte Dan bisher nichts vorwerfen, er ist nie länger als nötig weggeblieben. Nur das Dan hin und wieder länger arbeiten musste, wenn der Regisseur wieder zeitlichen Druck hatte. Dan musste auch an dem Samstag arbeiten, wo eigentlich ihr BBQ stattfinden sollte, weil er vom Regisseur daraufhin gedrängt wurde. Die Kulisse musste fertig werden. Schweren Herzens sagte Dan zu. Wie sollte er das Mara und seinen Kindern erklären? Der Samstag war ihnen immer heilig. Mit ihren Kindern morgens im Bett toben, und dann lange frühstücken.

Am Abend hatten sie ihr BBQ und ihre besten Freunde Nele und Karsten hatten schon zugesagt. Die Kinder holte Ilona ab, so konnte Mara die Salate in Ruhe machen. Das Grillgut übernahm Karsten und Sven.

In Gedanken war Mara wieder bei der Nora-Marie im Schauspielhaus. Hatte Dan sich seitdem verändert, oder kam es ihr nur so vor? Das fehlte ihr noch, wenn sie in die nächste Katastrophe hineinschlitterte. Nächste Woche musste Dan wieder 4 Tage nach Heidelberg. Vielleicht nehme ich mir 2 Tage frei und besuche ihn mit den Kindern, dachte sich Mara.

Zum BBQ kam Dan sehr spät, wie immer in letzter Zeit. Mara schaute ihn böse an.

»Sorry Liebling, es ging nicht früher, und er setzte sein schönstes Lächeln auf.«

»Das passiert in letzter Zeit aber recht häufig«, gab sie zurück.

Nele fragte Karsten, ob er ihr mit den Tellern helfen würde. So hatten Mara und Dan ein bisschen Zeit. Die Kinder waren schon im Bett. Wenn es sehr spät wird, übernachteten sie bei Mara und Dan. Ilona und Sven waren schon gegangen, weil Sven Nachtschicht im Krankenhaus hatte.

»Dan das hat nichts mit der Neuen zu tun?«, fragte Mara lauernd.

»Nein hat es nicht. Ich musste noch die eine Sache fertigmachen. Bitte mach keinen Stress, wir haben Besuch. Lass uns das später klären.«

Mara blieb bald die Luft weg. Was sollte das denn? Sie wollte schon etwas erwidern, als Nele und Karsten wieder raus kamen. Also schwieg sie.

»Mami ich kann nicht schlafen,« jammerte Dennis und stand in der Terrassentür.

»Ich komme schon«, murmelte Mara und ging zu ihrem Sohn, und bedachte Dan mit einem bösen Blick. Er sollte merken, dass das Thema noch nicht zu Ende ist.

Karsten setzte sich zu Dan. »Mensch Alter, hast du dich in die Brennnesseln gesetzt?«, er blickte Mara nach.

»Nicht wissentlich, Mara ist im Moment sehr gestresst. Vielleicht war es doch nicht so gut, dass sie wieder arbeiten gegangen ist«, sinnierte er.

»Dan, das darfst du ihr jetzt nicht wegnehmen«, erwiderte Nele. Sie braucht den Kontakt zu anderen Leuten. Ich glaube Nora-Marie spielt ein böses Spiel.«

»Was habt ihr denn immer nur mit ihr? Sie war ein paar Mal bei mir als Kollegin«, brummte er.

»Schon gut, schon gut, schau dir deine Frau an und denk mal nach«, meinte Nele. Zum Nachdenken blieb ihm kaum Zeit. Er war in letzter Zeit sehr eingespannt.

Der Abend ging schleichend zu Ende. Mara sprach kein Wort mehr mit Dan. Er war viel zu Müde, um noch eine Diskussion anzufangen. Morgen war auch noch ein Tag, dachte er sich und schon war er eingeschlafen.

Am nächsten Morgen war Mara schon im Schauspielhaus, als Dan erwachte. Er musste nach Heidelberg und da hatte er noch etwas Zeit. Er schrieb Mara noch ein paar Zeilen.

Mara nahm sich wirklich zwei Tage Urlaub. Sie war außer sich. Nora-Marie hatte sich krankgemeldet. Das kann doch kein Zufall sein. Sie holte ihre Kinder bei ihrer Mutter ab.

»Kind was ist nur los mit euch?«

»Ach Mama, ich weiß auch nicht. Das ist, seitdem die neue Kollegin bei uns im Schauspielhaus ist. Andere Kollegen sprechen mich schon darauf an. Sie sieht fast wie mein Zwilling von mir aus.«

»Ach sag an, aber Dan ist dir 100% treu. Er liebt dich doch.«

»Wenn ich das nur glauben könnte«, sinnierte Mara.

»Mama möchtest du mich nicht begleiten. Ich möchte Dan in Heidelberg besuchen.«

Dann brach Mara in Tränen aus und konnte gar nicht mehr aufhören.

»Mein Gott Kind, was hast du denn?« Mara zeigte ihr den Brief, der heute im Briefkasten lag. Maria las:

»Dan, das letzte Mal war so schön, wann kommen wir wieder zusammen? Wann sagst du es endlich deiner Frau? Wir könnten ein ganz neues Leben anfangen.«

Maria ließ den Brief sinken. Unterschrieben war der Brief mit N.M.

»Mara, glaubst du der Brief ist echt? Dan war in letzter Zeit nicht oft außer Haus. War abends immer bei euch. Ob das nicht nur eine verliebte Frau ist?«

»Genau das möchte ich heraus finden Mama«, schluchzte Mara. Sie steckte den Brief wieder ein. Sie rief die Kinder zu sich, die im Garten spielten.

»Ja natürlich komme ich mit. Dann kannst du mit Dan in Ruhe reden, ich bleibe bei den Kindern.«

»Danke Mama, du bist die Beste.«

Dan war schon zwei Tage weg und Mara machte sich mit ihrer Mutter und den Kindern auf den Weg. Den Brief in ihrer Tasche. Dan, ich bin auf deine Antwort gespannt, dachte sie. Sie fragte sich auch, warum er im Hotel übernachten musste. Es sind nur 1 ½

Stunden Autofahrt. Alles passte zusammen. Auch Mara hatte sich mit ihrer Mutter ein Hotelzimmer genommen, weil sie nicht wusste, wie das ganze ausgeht.

Als Mara in die Werkstatt von der Produktionsfirma kam, traf sie bald der Schlag. Sie war schockiert, als sie Nora-Marie bei Dan sah. Sie hörte ihn noch sagen, dass sie endlich gehen sollte. Mara war blind vor Wut. Die beiden sahen sie nicht kommen:

»Oh störe ich gerade«, sagte sie so laut das man sie nicht überhören konnte. Sie sah Nora-Marie grinsen.

Dan ist Aschpfahl geworden. Er sah von einer zur anderen und sah Nora-Marie an. »Geh jetzt einfach«, Dan erhob seine Stimme.

»Ist ja schon gut, ich gehe ja schon.« Sie freute sich, dass ihr Plan bisher aufgegangen ist. Man muss manchmal nur Geduld haben. Aus dieser Schiene kam Dan nicht mehr heraus. Sie hatte ihn dort, wo sie ihn haben wollte.

»Liebling lass dir erklären...«

»Erspare mir deine Erklärungen«, und sie knallte ihm den Brief auf den Tisch.

»Tut mir leid, dass ich das junge Glück stören musste, aber fang mal damit an mir das zu erklären«, sie wies auf den Brief.

»Mara bitte.« Sie hörte aber nicht hin und blickte ihn nur feindselig an. Dan nahm den Brief und alle Farbe wich aus seinem Gesicht.

»Mara, glaube mir, es gab nie eine andere Frau und es wird auch nie eine andere Frau geben. Denn ich liebe nur dich. Ich weiß nicht, wer dir diesen Brief geschickt hat.«

»Na ja, du hast ja schon einen guten Ersatz gefunden«, giftete Mara und sah zur Tür.

Dan presste die Lippen zusammen. »Es war nicht geplant, dass sie hier herkommt. Ich weiß nicht, woher sie wusste, wo ich bin. Ich habe ihr sehr deutlich gemacht, dass ich nicht will, dass sie mir nachreist. Ich kenne ihre Beweggründe nicht. Was kann ich dir sagen, oder dir beweisen, damit du mir glaubst? Ich bin nicht fremdgegangen. Das wird jetzt immer zwischen uns stehen Mara, weil du kein Vertrauen zu mir hast.«

Er wurde sehr traurig und Mara fühlte es. Sie merkte, wie die Tränen in ihre Augen stiegen.

»Du hast in letzter Zeit sehr wenig Zeit für deine Familie. Selbst beim BBQ kamst du wieder zu spät. Was soll ich denken?«

Dan fragte stattdessen nach den Kindern.

»Sie sind mit Mama im Hotel Villa Marstall«, antwortete Mara knapp.

»Die Firma hat für mich im „Hotel Zum Ritter St. Georg" gebucht. Ich brauche hier noch 2 Stunden. Darf ich dich bitten, dann zu mir zu kommen? Wir müssen unbedingt reden. Würde deine Mutter noch eine Nacht bei den Kindern bleiben? Ich gebe uns nicht auf, Mara.«

»Ja ich warte in der Lobby«, und damit ging sie, ohne sich noch einmal umzudrehen.

Oh man, was soll der ganze Scheiß? Dan verstand gar nichts mehr. Er wusste nur, er hat nichts falsch gemacht. Nun musste er erst den Auftrag zu Ende bringen. Gut, das er einen Tag früher fertig wurde.

Maria sah Mara fragend an, als sie kam. Sie war immer noch wütend. Als sie ihrer Mutter alles erzählte, sagte Maria eine Weile nichts, weil sie nachdenken musste.

»Mara, ich weiß, dass jetzt alles gegen Dan spricht, aber irgendetwas ist an der Sache zu glatt. Ich weiß, du hast sie bei Dan gesehen und du hast den Brief. Du hast allen Grund der Welt wütend zu sein. Aber du musst zugeben, dass der Brief sehr stümperhaft, wie ein Erpresserbrief, gemacht wurde. Aus Zeitungsartikeln zusammengeschnippelt. Ja die Unterschrift kann von dieser Frau sein, die beiden Namen könnten aber auch reiner Zufall sein.«

»Mama du weißt, ich glaube nicht an Zufälle. Alles geschieht aus einem Grund. Ich verstehe diesen Grund nicht.«

»Kind, es gibt im Leben Dinge, die wir einfach nicht verstehen können. Wir müssen sie aber akzeptieren. Ich kann dir nur den einen Rat geben, gehe zu Dan, und versucht ohne Schuldzuweisungen miteinander zu reden. Höre dir auch seine Meinung ohne Unterbrechung an. Ich habe so etwas Ähnliches mit deinem Vater erlebt und….«

»Du mit Papa? Er war der treueste Mann, den ich kenne.«

Maria sah ihre Tochter lange an.

»Mit so etwas geht man auch nicht hausieren Mara. Damals, das sind jetzt vielleicht 22 Jahre her, bekam ich auch einen Brief und wollte sofort die Scheidung, weil ich einen Betrug nicht hinnehmen wollte. Martin konnte mich überreden, mit ihm in ein Hotel zu gehen und wir haben geredet. Er hatte keine anderen Gedanken, die hätte ich auch nicht zugelassen. Ich war genauso wütend, wie du jetzt. Irgendwie wiederholt sich vieles im Leben.

Weißt du, wenn man öffentlich redet, werden keine Türen geknallt. Wir haben die ganze Nacht geredet und am Ende war ich mir sicher, dass diese Frau das damals alles eingefädelt hatte. Manche Frauen sind so. Darum gehe zu Dan und versucht sachlich darüber zu reden. Ihr habt schon so viel in eurem Leben zusammen gemeistert. Ich bin zuversichtlich, dass ihr auch das hier aus dem Weg räumen könnt.«

»Ja ich werde hingehen Mama.« Maria nahm ihre Tochter in den Arm und drückte sie. »Danke Mama«, sagte Mara. »Es ist so schön, dass es dich gibt.«

3

Als Mara in der Lobby vom Hotel Zum Ritter St. Georg eintraf, wartete Dan schon auf sie. Er kam auf sie zu. »Danke Mara, das du gekommen bist. Ist es dir recht, wenn wir hochgehen, um in Ruhe reden zu können? Ich habe das Abendessen geordert.« Er schaute sie fragend an.

Mara fiel es immer schwerer wütend auf Dan zu sein, er sah sehr sexy aus mit dem eng anliegenden schwarzen T-Shirt. Aber so leicht wollte sie es ihm nicht machen. Sie konnte schon verstehen, dass auch andere Frauen auf ihn fliegen.

»Ja das ist mir recht Dan.« Sie sah ihm direkt in die Augen.

Er ging vor und sie warteten am Aufzug. Dan überlegte sich, wie er ihr das erklären kann, damit sie ihm glaubt. Als sie im Aufzug nach oben fuhren, hätte Dan ganz andere Dinge mit Mara machen wollen, aber er wusste, er durfte sich das jetzt nicht leisten. Es ging um ihre Ehe und er wollte Mara nicht verlieren. Er liebte sie sehr, sie verkörperte alles, was er von einer Frau wollte. Sie ist eine tolle Mutter, Ehefrau und Geliebte. Dann ruckte der Aufzug und sie waren oben angekommen. Dan zeigte ihr den Weg in seine Suit.

Als sie eintraten, sah Mara einen gedeckten Tisch für zwei Personen. Sie hoffte, dass sie damit gemeint war und nicht die Andere, dachte sie bitter. So viele Zweifel waren in ihr. Dan bot ihr Platz an und schob ihr ihren Stuhl zurecht. Dann setzte er sich ihr gegenüber. Er sah sie verliebt an. Jetzt hilft nur Ehrlichkeit, dachte er sich.

»Mara, ich hoffe du glaubst mir, wenn ich dir sage, dass ich mit keiner anderen Frau etwas angefangen habe. Ich weiß nicht, wer diesen Brief geschrieben hat. Ich weiß, dass Nora-Marie, sorry, ich kenne, nicht ihren Nachnamen, mehrmals bei mir war und um Hilfe bat. Ja sie hat sich aufreizend zur Schau gestellt, aber ich habe nicht darauf reagiert. Sie wollte mit mir einen Kaffee trinken gehen und ich habe abgelehnt. Du kannst Günter fragen, ihm habe ich das erzählt. Das ist die volle Wahrheit.

Es stimmt, dass ich in letzter Zeit viel arbeiten musste. Du kennst unseren Regisseur Huber. Und ja, ich war auch manchmal etwas gestresst. Aber deshalb gehe ich nicht mit anderen Frauen ins Bett.

Du musst mir glauben, dass ich genauso überrascht war, wie du, als ich sie plötzlich in der Werkstatt hier sah. Ich habe ihr unmissverständlich zu verstehen gegeben, dass ich so etwas nicht toleriere und geschmacklos finde. In dem Moment kamst du rein.« Er machte eine Pause und ließ Mara Zeit, darüber nachzudenken.

Mara dachte sich, es hört sich alles plausibel an, was er sagt. Er wirkt zwar etwas nervös, aber das kann mit mir zutun haben. Seine Hände haben schon immer etwas gezittert, wenn ich bei ihm stand, schmunzelte sie in sich hinein. Mein Gott, ich liebe ihn so sehr. Ihn zu verlieren wäre so schlimm. Er kann ihr fest in die Augen schauen und sie sah, dass seine bernsteinfarbenen Augen leuchteten. Das können nicht alles Lügen sein. Oder doch? Sie musste ihr Kopfkino ausschalten. Oh je.

»Dan, was will diese Frau von dir?«

»Ich weiß es wirklich nicht Mara. Ich habe ihr niemals signalisiert, dass sie der Annahme sein kann, dass zwischen uns etwas laufen könnte.«

»Ist dir nicht aufgefallen, dass sie mich kopiert? Dan das macht mir Angst.«

»Doch, aber sie hat nicht deine wunderschönen Augen.

Auch wenn sie etwas schlanker ist… Oh man Patzer, Mara das sollte nicht so klingen.« Dan merkte es Mara an, dass sie gleich lospoltern wollte.

»Bitte Schatz, lass mich ausreden. Ich liebe deine Figur, ich liebe alles an dir. Du bist schlank sexy, einfach das Beste für mich. Bitte leg nicht alles auf die Goldwaage. Es ist für mich schwer genug… ich…«

Es Klopfte an der Tür und der Zimmerservice kam herein und brachte einen Wagen mit den Köstlichkeiten fürs Dinner. Dan gab er einen Brief und dann ging er wieder hinaus.

Dan schaute sich den Brief an, es war ein rosafarbener Umschlag. Auch Mara schaute ihn an und sie konnte das Parfüm riechen. Die Wut stieg wieder in ihr hoch. Dan gab ihr den Brief. Du kannst ihn öffnen, damit du siehst, dass ich keine Geheimnisse vor dir habe.«

Mara schüttelte angewidert den Kopf, denn sie hatte Angst davor, ihn zu öffnen. Sie rümpfte die Nase von dem süßlichen Parfüm.

Dan öffnete den Brief und konnte es nicht glauben. »Mara hast du noch den Brief, der in unseren Briefkasten lag?«

»Ja warum?«

»Ich glaube, jetzt wissen wir, wer ihn geschickt hat.«

Er zeigte ihr den Brief und Mara erschauderte. Wieder wurde gefragt, wann sie sich wiedersehen können. Mara holte den Brief aus ihrer Tasche, den sie in der Werkstatt wütend wieder an sich genommen hatte. Es waren genau die gleichen Buchstaben in der Unterschrift. Sie glichen sich, aber sie waren nicht identisch, als sie die genau verglichen. Mara war angewidert und Ratlos. »Also wissen wir doch nicht, ob sie die Briefe geschrieben hat. Aber diesen hier, oder?«

»Es wusste sonst niemand, dass ich in diesem Hotel bin«, meinte Dan und grübelte.

»Mara, als ich sie das erste Mal sah, kam sie mir bekannt vor. Ich kann mich nur nicht mehr erinnern, woher. Es ist auf jeden Fall keine meiner Ex-Frauen, soviel ist sicher. Wenn das nicht bald aufhört, werde ich eine Unterlassungsklage anstreben. Ich hoffe du glaubst mir das alles.«

Mara nickte, aber es ging ihr so viel durch den Kopf. Dummes Kopfkino sagte sie sich.

»Dan ich dachte, wir hätten ein bisschen mehr Ruhe in unserem Leben.«

Er kam zu ihr und nahm sie ganz vorsichtig in seinen Armen und wiegte sie.

»Liebling, ich werde nicht zulassen, dass sich eine andere Frau zwischen uns stellt. Ich liebe dich von ganzem Herzen. Bitte glaube nicht alles, auch wenn es nicht zu meinen Gunsten aussieht. Rede zuerst mit mir. Wir haben immer alles zusammen geschafft und wir werden es weiterhin schaffen.« Ich werde Bodyguards anheuern, die auf dich aufpassen. Du und die Kinder sind mir das wichtigste im Leben.« Er küsste sie ganz zärtlich auf dem Mund. »Lass uns etwas essen, Liebling.«

Mara hatte Tränen in den Augen, aber sie lächelte tapfer.

»Ich möchte schnell Mama anrufen, damit sie sich keine Sorgen macht. Kannst du dir vorstellen, dass meine Eltern fast das Gleiche erlebten? Mama erzählte mir das erst gestern.«

»Deine Eltern? Nee das hätte ich nicht gedacht.«

Als Mara zurückkam, ließen sie sich die Köstlichkeiten schmecken.

»Liebling, ich bin mit meiner Arbeit einen Tag früher fertig geworden. Ich kann mit euch Morgen zurückfahren.«

Sofort meldete sich ihr Gewissen. Hätte er es mir auch gesagt, wenn ich nicht gekommen wäre? Mara zwang sich, an das Gute zu glauben. Nicht weiter nachdenken. Sie lächelte ihn gequält an. Er sah es ihr an, so ganz glaubte sie ihm nicht. Er spürte einen Stich in seinem Herzen.

»Mara wollen wir mit deiner Mom und den Kindern für zwei Wochen zu meinen Eltern fliegen? Wir könnten mit den Kindern zum Disneyworld. Und wir können uns von dem ganzen Scheiß hier ein bisschen erholen.«

»Hmm das wäre zu überlegen«, antwortete sie. Sie war tief verletzt, wollte sich ein Hintertürchen offen halten.

Sie verbrachten die Nacht zusammen und liebten sich zärtlich. Mara dachte sich, nein so ist kein Mann, der betrügen will.

Am nächsten Morgen gingen sie in Maras Hotelzimmer. Die Kinder kreischten, als sie ihren Vater sahen. So freuten sie sich. Dan Drückte auch seine Schwiegermutter. Maria schaute ihre Tochter fragend an und Mara lächelte. Sie fuhren zurück, nach Hofheim. Die Kinder fuhren mit Dan. Er fragte seine Kinder, ob sie mit Mama, Oma und ihm zur Mickey Maus fliegen wollen. Dennis schrie gleich ja und Bea stimmte mit ein. Obwohl sie den Sinn wohl nicht ganz verstand, aber Mickey Maus verstand sie. Wir werden wieder bei Oma Mary und Opa James wohnen. Und noch einmal schrie Dennis »Au ja.«

Nach ein paar Tagen wurden Zuhause Reisepläne gemacht. Dan fragte Maria, ob sie Lust hätte sie zu begleiten. Freudestrahlend sagte sie ja.

Beide nahmen kurzfristig Urlaub. Zwei Wochen wollten sie sich gönnen. In der Hoffnung, dass Nora-Marie Dan in frieden lässt.

Dans Eltern freuten sich, alle wieder einmal bei sich zu haben. Es gab wieder eine große Familienfeier. Mittlerweile hatten Pam und John auch Kinder. Alle hatten großen Spaß.

Die zwei Wochen taten den Beiden gut und sie konnten noch einmal über alles reden. Sie fanden wieder ganz zueinander. Mit den Kindern hatten sie viel Spaß im Disney World. Sie machten große Augen, als die Micky Maus, Goofy und all die anderen Figuren herumlaufen sahen.

Als sie abends wieder alleine waren erklärte Dan Mara:

»Bitte lass niemals wieder zu, dass sich eine Person zwischen uns stellen kann. Wann immer du im Zweifel bist, rede mit mir. Wir haben so eine tolle Ehe, da darf so etwas nicht noch einmal passieren.«

Mara versprach es ihm.

»Ist dir eingefallen, woher du sie kennst?«

»Nein leider nicht, dann war sie auch nicht wichtig. Mir kam ihr Gesicht nur irgendwie bekannt vor. Ich kann nicht sagen, ob sie mal eine Kundin war, oder ob ich sie auf der Straße gesehen habe.«

Mara druckste herum.

»Dan, sag mal, hast du etwas dagegen, wenn wir ein Gästezimmer umgestalten würden?« Sie sah ihn mit blitzenden Augen an. Ich kenne diesen Blick, dachte sich Dan und schmunzelte.

»Nein, sicher nicht, was hast du vor? Möchtest du dir ein Atelier einrichten?« Dan wusste, dass sie das nicht wollte. Er ahnte es schon. Ihre Brüste waren größer geworden. Das hatte er bemerkt.

»Nein Dan, ich habe gar keine Zeit zum Malen. Ich brauche kein Atelier.« Weiter sagte sie nichts, sondern streichelte ihren Bauch.

Dan bekam strahlende Augen. »Ist das wirklich wahr?«, er lachte dabei.

Sie nickte nur und küsste ihn. »Also wird unser Haus bald voll mit herrlichem Kinderlachen sein. Wissen es die anderen schon?«

»Nein, ich wollte, dass du es zuerst erfährst.«

»Ich freue mich sehr darauf«, er legte seinen Kopf schief uns sah sie verliebt an. Obwohl, dann ist immer einer von uns im Vorteil«, schmunzelte er.

»Ich werde zusehen, dass sich die Frauenquote erhöht«, flachste sie.

»Das werden wir noch sehen. Ich glaube wir müssen so lange üben, bis es passend ist«, lachte er.

»Ich werde meine Eltern anrufen und ihnen die frohe Botschaft mitteilen.« Er gab ihr einen Kuss und nahm sein Handy. Noch waren sie im Disney Resort Hotel. Er beauftragte noch von Florida aus, eine Securityfirma, um das Haus in Hofheim noch sicherer zu machen. Eine neue moderne Alarmanlage sollte installiert werden. Dan wollte nichts mehr dem Zufall überlassen. Besonders jetzt, wo seine Familie neuen Zuwachs bekommt. Alle freuten sich und Mary beschwor Mara, sich nicht mehr zu viel zuzumuten. Sie müsse an das Kind denken.

Währenddessen bekam Nora-Marie im Schauspielhaus immer mehr Probleme. Man war mit ihrer Arbeit nicht zufrieden. Der Regisseur schimpfte:

»Das kann ich nicht gebrauchen. Was haben Sie sich dabei gedacht?«

»Für mich ist es gut genug. Ihnen kann man aber auch nichts recht machen. Ich brauche halt noch Hilfe«, sagte sie schnippisch.

»Sie haben einen Uniabschluss, ist denn gar nichts hängen geblieben«, schimpfte er weiter.

Da sie sich nur anstellen ließ, um in der Nähe von Dan zu sein, aber die Zeugnisse und den Uniabschluss gefälscht hatte, kam man ihr bald auf die Schliche und sie wurde fristlos entlassen. Von einer Anzeige nahm man Abstand, wenn sie die fristlose Kündigung akzeptiert. Schimpfend ging sie aus dem Schauspielhaus.

4

Als Dan und Mara wieder zu Hause waren, und Dan die Post durchging, fand er wieder so einen Brief. »Schatz schau dir das mal an.« Es gab keine Geheimnisse zwischen Mara und Dan. Sie kam zu ihm, sah den Brief und zitterte. Dan machte den Brief auf und las ihn laut vor:

»Hey Süßer, ich habe dich nicht vergessen. Wie war der Urlaub mit deiner Noch-Frau? Oder weiß sie immer noch nichts von uns? Wir sehen uns.« Und wieder wurde der Brief mit N.M. unterschrieben. Wieder waren es nur Zeitungsschnipsel.

»Woher weiß diese Person, wo wir uns gerade befinden, Dan.«

»Ich weiß es nicht Mara. Das heißt, dass wir in Urlaub waren, war im Schauspielhaus bekannt. Hmm, dann kann es doch niemand sein, der uns Fremd ist«, sinnierte Dan.

Mara schaute geschockt zu Dan. Er ging auf sie zu und nahm sie in den Arm.

»Wir stehen das gemeinsam durch. Ich übergebe es einen Anwalt. Soll er sich darum kümmern. Ab sofort hast du, Maria und die Kinder Bodyguards, bestimmte er. Man weiß nie, zu was solche verrückten Leute fähig sind. Auch Maria las den Brief und war erstaunt wie dreist mache Menschen sein können.

Es wurde ein Familienrat einberufen, wo auch ihre besten Freunde Nele, Karsten und ihre beiden Kinder eingeladen waren. Ilona und Sven und ihre 3jährige Tochter Sabine kamen schon etwas früher. Die Kinder freuten sich als sie ihre Nichte und die Freunde sahen. Besonders das neue Baby fanden sie anfangs interessant. Als es anfing zu schreien, wollten sie lieber nicht mehr mit ihm spielen. Mit einer lebendigen Puppe war das nicht so einfach.

Ilona konnte gut mit ihrer Handprothese umgehen. Man merkte es kaum noch. Jeder bewunderte sie. Für sie war das nichts Besonderes, sie musste doch damit lernen zu leben. Dann kam Sven mit der Sprache heraus. Dass sie noch ein Kind erwarteten. Mara kam sofort zu Ilona und drückte sie.

»Mensch ich freue mich so für euch. Wann ist es denn soweit?«

»In exakt 5 Monaten«, grinste Sven.

Nele erzählte, dass die neue Kollegin, die viele nur mit dem Namen Nora-Marie kannten, mit Pauken und Trompeten fristlos entlassen wurde, da sie ihre Zeugnisse und den Uniabschluss gefälscht hatte. Sie konnte keine gute Arbeit abliefern. Eine Weile konnte sie sich noch durchschwindeln, aber da sie keine Hilfe mehr bekam, ihr wart ja in Urlaub, flog das Ganze auf. Dan pfiff leise durch die Zähne. »WOW«, sagte er. Er sah Mara an.

»Siehst du mein Schatz, wie gut der Urlaub doch war?«

Mara sah man an, wie froh sie über diese Nachricht war. Auch Dan machte einen erleichterten Eindruck. Trotz allem kamen die Briefe noch und niemand konnte sagen, ob es sich um die gleiche Person handelte.

Der Anwalt den Dan aufgesucht hatte, bat um etwas Geduld. Er könnte aber erst eine Unterlassungsklage anstreben, sobald man den Namen des Verursachers wusste. Genau das lag noch im Dunkeln.

Dan ermahnte alle, sehr gut aufzupassen. Sollten auch sie Briefe bekommen, so sollten sie es ihm sofort sagen.

»Ich werde sie dann meinen Anwalt übergeben. Noch können wir nichts machen, weil wir nicht sagen können, ob die Briefe von Nora-Marie waren. Nach allem was wir bisher wissen, steht es in den Sternen, ob Nora-Marie ihr richtiger Name war. Günter sagte mir, bei ihm hat sie sich nur mit Smith vorgestellt. Ist auch sehr sonderbar, dass sie einen englischen Nachnamen angab. Mara, das mit dem Rosabrief, wird sie bestimmt gewesen sein. Niemand konnte wissen, dass wir in dem gleichen Hotel waren. Wenn sie einmal Dingfest gemacht werden kann, müssten ihre Fingerabdrücke auf den Briefen sein. Wir müssen jetzt abwarten und auf der Hut sein. Sollte euch irgendetwas auffallen, sagt uns bitte sofort Bescheid.«

Alle stimmten Dan zu. Karsten fragte Dan:

»Dan wir haben eine Bitte an euch«, dabei sah er auch Mara an. »Wir haben im Moment einige Probleme mit meinem Auto. Nele braucht ihres gerade jetzt für die Kinder und ich habe Übermorgen ein wichtiges Meeting. Kann ich mir vielleicht ein Auto von euch leihen?«

Dan schaute Mara an und fragte sie: »Schatz, brauchst du im Moment deinen A4? Sonst könnte Karsten den Wagen haben. Du könntest den Vito nehmen. Vielleicht ist es in Zukunft auch besser, wenn du den großen nehmen würdest. Du kannst die Kinder besser ins Auto setzen. Was meinst du?«

»Ja Karsten kann mein Auto haben. Mama hilft mir immer, aber das ist schon in Ordnung.« Sie sah ihre Mutter dankbar an. Ich muss wie jeden Montag mit den Kindern zur Therapie wegen ihrer Motorik. Kein Problem, ich nehme den Vito.«

Karsten kam zu ihnen rum und bedankte sich bei ihnen.

»Ich hätte mir auch einen Leihwagen nehmen können.«

»Papperlapapp erwiderte Dan, wozu gibt es Freunde. Der Wagen kam gerade aus der Werkstatt und ist völlig in Ordnung.«

Alfred war in seiner Stammkneipe, als ein Mann auf ihn zukam. Er konnte das Gesicht nicht ganz erkennen, weil der Typ seinen Hut tief heruntergezogen hat und sein Gesicht im Schatten lag. Eine komische Type fand Alfred.

»Hey, ich komme von Eva. Hier ist ein Schlüssel vom Schließfach am Bahnhof. Da sind die Instruktionen drin und auch die erste Hälfte vom Geld, wie abgesprochen.« Er legte den Schlüssel auf den Tresen und ging. Alfred sah ihm noch nach.

»Na Alfred, haste wieder einen Auftrag?«, rief sein Kumpel Norbert.

»Worauf du wetten kannst, wenn die Kohle stimmt, geb ich hier eine Lokalrunde.« Er stand auf, zahlte und ging. Nachdem er den Inhalt des Schließfaches gesehen hatte, zählte er das Geld nach und machte sich an die Arbeit.

Ilona besuchte überraschend Mara.

»Mensch Mara, wir sehen uns nicht mehr so oft, klar beim letzten gemeinsamen Treffen schon, aber das wir beide Mal klönen können, das wird immer seltener.«

»Süße ich weiß, Kinder, Arbeit und und, aber wem erzähle ich das? Wäre es nicht toll, wenn wir so ein Häuserkomplex hätten, wie Dans Eltern? Wir könnten alle näher zusammenwohnen und uns öfters sehen.«

»Ist das die gleiche Mara, die mir erzählte, wie furchtbar teuer Dans Eltern leben?«, sie schaute Mara schmunzelnd an.

»Jetzt hast du mich aber eiskalt erwischt«, Mara musste lachen. »Aber dort leben jetzt zwei Leute in 6 Häuser. Klar haben sie viele Empfänge usw. Aber wo unsere Familie immer größer wird, denkt man manchmal darüber nach.«

»Ich denke nur in Deutschland ist das nicht bezahlbar, das ist wohl nur im Land der unbegrenzten Möglichkeiten wirklich machbar«, erwiderte Ilona.

»Falsch meine Liebe, dieses Land ist schon sehr begrenzt. Nicht alles ist Gold, was glänzt. Sie haben durchaus ihre Vorteile, weites Land, bezahlbare Häuser, besseren Lebensstil. Die wenigsten schaffen sich kaputt, es gibt weniger Herzinfarkte. Aber sonst liegt schon einiges im Argen, jedenfalls für uns Europäer.

Aber Träumen darf man ja. Ha ha, das darf ich gar nicht Dan erzählen. Was macht deine Hand, ist noch immer alles in Ordnung?«

»Oh ja, die Prothese ist echt Klasse, aber das ist auch eine der Besten. Sven hat sich an die kalte Hand schon gewöhnt und auch für die Kinder ist das jetzt ganz Normal. Das war total süß, Sabine wollte den Tag ihre Hand ausziehen, weil sie es bei mir gesehen hat. Klar mit ihren 2 Jahren kann sie das noch nicht verstehen. Aber ihr Gesicht hättest du sehen müssen.«

Beide mussten lachen und freuten sich, dass sie sich wieder einmal sahen.

»Mara können wir heute zusammen shoppen gehen? Vielleicht passt Mama auf die Kids auf.«

»Ja aber wir müssen den Vito nehmen, weil Karsten sich mein Auto geliehen hat.«

»Super, das ist kein Problem, im Vito passt viel mehr rein. Ich brauche noch etwas für das neue Baby.« Beide mussten lachen und machten sich auf den Weg.

Karsten holte sich das Auto von Mara. Die Sicherheitsleute gaben ihm den Schlüssel und die Papiere. Dan war im Schauspielhaus und Mara war mit shoppen. Das neue Zimmer wollte sie einrichten. Sie war jetzt im 4. Monat und war froh, dass die Zeit der Übelkeit vorbei war.

Karsten musste nach Wiesbaden fahren zu seinem Meeting. Er rechnete sich aus, dass er schon am Abend wieder zu Hause sein konnte. Nele ist nicht gerne allein Zuhause. Er war glücklich mit seiner kleinen Familie. Irgendwie hatte er das Gefühl, dass Nele ihm bald eine Neuigkeit mitteilen will. Er war gespannt, ob er mit seiner Vermutung recht behielt.

Am nächsten Morgen fuhr er schon sehr früh los, weil er den Berufsverkehr umgehen wollte. Er hatte auch ziemlich freie Fahrt. Karsten fuhr auf die linke Spur, weil er einen Sattelschlepper überholen wollte. Er war gerade an dem LKW vorbei gefahren und wollte wieder auf die rechte Spur wechseln, als ein Renault Kangoo vor ihm die Fahrbahn wechselte. Karsten trat auf die Bremse, aber nichts tat sich. Er trat immer wieder auf die Bremse. Sie reagierte nicht mehr. Auch mit der Handbremse konnte er den Wagen nicht stoppen. Ausweichen konnte er auch nicht, weil er sonst in den LKW gerast wäre. Und schon krachte es. »Oh Scheiße«, rief Karsten. Glas splitterte und es wurde dunkel um ihn herum.

5

Nele wollte es heute Abend Karsten sagen. Sie erwartete wieder ein Kind. Nach Marcel und Lucas hoffte Karsten, dass ihr 3. Kind ein Mädchen sein würde. Aber noch wusste er nicht, dass sie wieder schwanger war. Oder ahnte er das, ging es Nele durch den Kopf. Nee, dachte sie, Männer muss man doch immer mit der Nase auf etwas Stupsen, bis sie es verstehen. Gesagt hatte er nichts. Sie bereitete alles für ein Candle light Diner vor. Ihre Mutter hatte schon die Kinder. Ach, was würde sie ohne ihre geliebte Mutter tun, Sie war auch schon schnell einkaufen. Natürlich gab es Karstens Lieblingsgericht. Sie kam gerade vom Einkaufen nach Hause, als es an der Tür klingelte. Oh, ist das schon Karsten? Hat er wieder seinen Schlüssel vergessen? Aber von der Uhrzeit kommt das gar nicht hin. Er wollte nach Wiesbaden. Das Meeting war auch für 3 Stunden angesetzt dachte sie noch und öffnete die Tür. Es war 10:30 Uhr am Morgen. Sie sah zwei Polizisten. Alles Blut wich aus ihrem Gesicht. »Guten Tag Frau Hoffmann, Mein Name ist Hauptwachtmeister Schulz und das ist mein Kollege Wachtmeister Wagner, dürfen wir kurz rein kommen?«

»Ist etwas mit meinem Mann?«, fragte sie mit zitternder Stimme.

»Bitte setzen Sie sich, wir haben Ihnen eine traurige Mitteilung zu machen.« Nele riss ihre Augen auf.

»Ihr Mann Karsten Hoffmann hatte leider einen Unfall, den er nicht überlebt hat.«

»Nein«, schrie Nele und brach in Tränen aus. »Wie konnte das passieren? Karsten ist doch so ein guter Autofahrer. Das kann doch nicht wahr sein.« Insgeheim ahnte sie aber, dass es wahr ist.

»Wir wissen es noch nicht ganz genau, wir haben das Auto zur technischen Überprüfung abschleppen lassen. Es hat einen Totalschaden. Ich kann Ihnen aber sagen, dass ihr Mann nicht gelitten hat, er war auf der Stelle tot.« Nele bekam einen Weinkrampf. Wachtmeister Wagner rief einen Notarzt, der auch innerhalb von 15 Minuten kam und Nele eine Beruhigungsspritze gab.

»Können wir ihre Familie benachrichtigen, die sich um Sie kümmern kann?« Nele sagte wie durch eine Wand: »Im Handy Frau Kurz, meine Mutter, und zeigte auf der Anrichte, wo ihr Handy lag.« Wachtmeister Wagner rief bei ihrer Mutter an und sie machte sich gleich auf den Weg mit ihren Enkelkindern.

»Warum zur technischen Überprüfung? Das Auto war in Ordnung. Es war das Auto unserer Freunde. Karsten hatte es sich geliehen, weil er heute in Wiesbaden das Meeting hatte. Sein Auto gab den Geist auf. Dan sagte uns, dass es erst vor 3 Tagen aus der Werkstatt gekommen ist. Meine Freundin Mara ist doch auch schon damit gefahren.«

»Frau Hoffmann, das wird bei Unfällen immer gemacht, damit wir die Unfallursache ermitteln können. Durch das ABS (Anti-Blockiersystem) entsteht kaum noch ein Gummiabrieb, also auch kaum Bremsspuren. Bei diesem Unfall gab es keine Bremsspuren. Wie heißen Ihre Freunde? Können Sie uns das bitte sagen?«

»Dan und Mara Harper und sie nannte ihm die Adresse.« Die Polizisten warteten noch bis ihre Mutter kam. Beide umarmten sich und weinten.

»Danke Herr Wachtmeister, dass sie mich angerufen haben. Ich kümmere mich um meine Tochter und meine Enkel.« Damit verabschiedeten sich sie Polizisten.

»Wir informieren Sie, wenn wir mehr über den Unfall wissen.«

»Danke Herr Wachtmeister«, erwiderte Neles Mutter. Marcel ihr 3 ½ jähriger Sohn fragte seine Mutter, warum sie weint, und so erzählt Nele ihm, dass sie sich einen traurigen Film angesehen hat.

»Du weißt doch, dass ich dann immer heulen muss.« Damit war ihr Sohn zufrieden und lief in sein Zimmer. Lucas war noch zu klein, er bekam das nicht mit.

Als sich Nele ein bisschen beruhigte, fragte ihre Mutter: »Möchtest du Mara Bescheid geben?«

»Nein schluchzte Nele, ich stehe völlig neben mir. Ich mache das Morgen. Ich wollte Karsten heute Abend sagen, dass ich wieder ein Baby erwarte, Mama.«

»Ich weiß mein Kind. Das ist alles so schrecklich.«, auch ihrer Mutter kamen die Tränen. Sie nahm ihre Tochter in die Arme.

Marcel kam wieder ins Wohnzimmer. Oma warum weinst du denn auch?

»Deine Mutter hat mir gerade von dem ganz traurigen Film erzählt.« Nele ging zu ihm und nahm ihn auf dem Arm. »Wann kommt Papa heute?«

»Ich weiß es nicht mein Schatz«, sagte sie unter Tränen. Sie ging mit ihm in sein Kinderzimmer und suchte ihm etwas zum Spielen.

Als sie wieder ins Wohnzimmer kam, fragte sie ihre Mutter: »Mama wie war das bei dir, als Papa starb?«

Gedanklich ging ihre Mutter auf die Reise. »Nele es war unheimlich schwer. Ich hatte euch beiden, du warst 4 und Thomas 6 Jahre alt. Wie erklärt man seinen Kindern, dass Papa nicht mehr nach Hause kommt?« Tränen liefen ihr über das Gesicht. Noch immer vermisste sie ihren Mann, obwohl schon so viele Jahre vergangen waren.

»Sei so ehrlich wie möglich zu deinen Kindern. Auch wenn es schwer ist, sie verstehen das. Nele ich helfe dir so gut ich kann. Geh Morgen zum Arzt und lass dir etwas geben, was deinem Baby nicht schadet. Wir schaffen das. Du kannst immer auf mich zählen.«

»Danke Mama.«

In den Abendnachrichten sahen sie den Unfall im Fernsehen. Ein Blechsarg war zu sehen. Der Sprecher erklärte, dass es am frühen Morgen auf der A66 zu einem schweren Verkehrsunfall kam, wobei beide Fahrer auf der Stelle tot waren. Eine Frau, die als Beifahrerin im Renault saß, starb auf dem Weg ins Krankenhaus.

Es wird vermutet, dass der Fahrer vom Audi A4 ungebremst dem Vordermann aufgefahren sei. Es wurden keine Bremsspuren gefunden. Die Straße war gerade und trocken und man spekulierte, ob der Audifahrer Selbstmord begehen wollte. Man müsse die Untersuchungen der Polizei abwarten.

Beide Frauen weinten, als sie das sahen.

»Nein«, schrie Nele, Karsten hätte niemals Selbstmord begangen. Wir waren glücklich, wir wollten noch ein 3. Kind. Er ist auch beruflich erfolgreich gewesen. Es gab absolut keinen Grund. Karsten war ein guter Autofahrer.«

»Kind mach dich nicht verrückt, die Medien wollen ihre Sensation haben. Warten wir die Untersuchung der Polizei ab. Wie ich hörte, können sie sehr viel feststellen.«

»Mama, das ist alles so ungerecht.«

»Ich weiß mein Kind.«

»Wie soll ich es den Eltern von Karsten beibringen. Das gibt ihnen den Rest. Sie haben schon einmal ein Kind verloren.«

»Unter Tränen rief sie ihre Schwiegereltern an. Es wurde ein sehr tränenreiches Telefonat. »Noch weiß ich nicht alles. Ja natürlich werde ich euch sofort anrufen, sobald ich etwas Neues erfahre.«

6

Am nächsten Vormittag klingelte es erneut bei Nele. Ihre Mutter öffnete und sie sah Dan und Mara. »Kommt rein«, rief sie. »Nele ist noch im Bad.« Sie sah, dass Mara in Tränen aufgelöst ist. Sie nahm sie in die Arme, beide Frauen weinten.

Nele kam ins Zimmer und Mara lief zu ihr und umarmte sie. Auch Dan kam zu Nele und nahm sie stumm in die Arme. Als sich beide etwas beruhigt haben, fing Dan an zu erzählen:

»Gestern am späten Nachmittag war die Polizei bei uns und teilten uns mit, dass mit Maras Auto ein Unfall passiert sei. Das ist alles so unglaublich. Es gab keine Bremsspuren und die Polizei fragte uns, ob es möglich sein könnte, dass Karsten einen Selbstmord begangen haben könnte.« Dan sprach schnell weiter, bevor Nele etwas sagen konnte. Mara hielt ihre Hand.

»Wir sagten beide, dass das ganz unmöglich sei. Karsten war so voller Lebensfreude, er war glücklich und er liebte seine Familie. Er wollte nur sein Meeting in Wiesbaden wahrnehmen und dann gleich wieder nach Hause fahren. Die Polizei hat es so aufgenommen. Ich sagte den Beamten noch, dass mit dem Wagen alles in Ordnung war, denn wir haben ihn erst drei Tage zuvor aus der Werkstatt geholt. Ich legte den Beamten auch die Rechnung vor. Sie werden auch die Werkstatt befragen.«

Dann ging er zu Nele und setzte sich zu ihr. »Liebe Nele, ich hatte mich beim letzten BBQ mit Karsten draußen am Grill unterhalten. Er zwinkerte mir zu und sagte, dass er glaube, dass du wieder Schwanger bist. Er wollte es dich sagen lassen. Stimmt das?«

Nele brach zusammen und bekam einen Weinkrampf. Ihre Mutter brachte ihr ein homöopathisches Beruhigungsmittel. Nachdem sie sich etwas beruhigt hatte, erwiderte sie: »Ja das stimmt, ich wollte es gestern Karsten sagen, wenn er vom Meeting zurückkam.« Mara zerriss es das Herz, als sie ihre Freundin so leiden sah. Sie ging zu ihr und drückte sie.

»Mensch Nele, jetzt hat es wieder geklappt und dann passiert so etwas. Du weißt wir helfen dir bei allem. Können wir irgendetwas für dich tun?«

»Mara ich habe Angst vor der Beerdigung. Wie soll ich Marcel erklären, dass sein Papa nicht wieder kommt? Lucas ist noch zu klein, er wird das bestimmt noch nicht verstehen.«

»Nele erkläre ihn, dass sein Papa im Himmel ist und auf ihn aufpasst. Kinder merken das sehr schnell, wenn es der Mutter nicht gut geht. Mit seinen 3 ½ Jahren versteht er zwar nicht alles, aber das ist etwas, wo Kinder sich klammern können.«

»Gestern erzählte ich ihn, dass ich einen traurigen Film sah.« Die Polizei rief heute an, dass ich Karsten nun beerdigen kann. Er wurde freigegeben. Warum muss er freigegeben werden?«

Dan erklärte ihr:

»Ja das muss sie Staatsanwaltschaft tun. Bei Mord zum Beispiel, bleiben sie länger in der Gerichtsmedizin. Nele, das ist nichts Sonderbares sondern völlig normal.«

»Ich habe das alles einem Beerdigungsunternehmen übergeben. Ich kann mich nicht damit befassen.«

Das Handy von Dan erklang und er ging ran. Alle hörten gespannt zu.

»Was sagen Sie Herr Hauptkommissar? Ja ich verstehe, natürlich kommen wir. Wir sind gerade bei Frau Hoffmann. Selbstverständlich. Ja wir sind eng befreundet. Die Rechnung der Werkstatt hatte ich gleich dem Beamten ausgehändigt. Auf Wiederhören.«

Alle sahen Dan an, er ist kalkweiß im Gesicht geworden. Er starrte den Teppich an. Mara ging zu ihm: »Was ist Los Liebling?« Er atmete tief durch und er sprach mit brüchiger Stimme:

»Es war Hauptkommissar Klausen von der Mordkommission. Beim Audi wurden die Bremsen manipuliert. Beide Bremsen gingen nicht mehr.«

»Was«, schrie Nele, Mordkommission? Warum, ich verstehe das nicht. Dan sagte tonlos: »Nele ich kann es dir nicht sagen. Der Wagen war einwandfrei. Wir haben doch die Rechnung der Werkstatt. Sie hat immer gute Arbeit geleistet. Es war nichts an dem Auto. Ich bin es doch selbst danach gefahren und Mara mit den Kindern auch. Es wurde nur die Inspektion gemacht. Der Wagen war erst ein Jahr alt. Ich verstehe das alles auch nicht. Wir haben heute Nachmittag einen Termin beim Hauptkommissar.«

Alle waren total geschockt.

»Nele, auch die Polizei glaubt nicht mehr an Selbstmord. Vielleicht kann es dir ein kleiner Trost sein. Ich glaube aber eher nicht, murmelte Dan mehr zu sich.«

»Dan, ich möchte mit zur Kripo.«

»Gerne glaubst du, dass du es schaffst?«

»Ja ich gehe nachher zu meinem Arzt und lass mir etwas geben, was dem Baby nicht schadet. Das bin ich Karsten schuldig.« Dan nickte nur. Er hat seinen besten Freund verloren und das lastete schwer auf ihn. Und dann auch noch mit Maras Auto. Nein, er wollte nicht weiter denken, wenn Mara, ihre Mutter und die Kinder gefahren wären. Der Gedanke schnürte ihm die Kehle zu.

Neles Mutter blieb bei den Kindern. Gemeinsam fuhren Nele, Dan und Mara zur Kriminalpolizei.

Hauptkommissar Klausen bat sie in sein Büro.

»Danke, dass sie so schnell kommen konnten. Herr Harper, Frau Harper, Frau Hoffmann. Darf ich Ihnen mein Beileid aussprechen?« Alle nickten.

»Herr Hauptkommissar, warum ermittelt die Mordkommission?«, wollte Nele wissen und Tränen stiegen ihr in die Augen.

»Wir haben festgestellt, dass man an den Bremsen manipuliert hat.«

Dan fragte: »Hätte Karsten das nicht schon eher merken müssen?«

»Nicht unbedingt Herr Harper. Es wurden alle vier Bremsleitungen angeschnitten. Der Täter wusste, was er tat. Das war kein Laie. So verlor der Wagen Bremsflüssigkeit, und als Herr Hoffmann das merkte, war er schon auf der Autobahn. Auch die Handbremse wurde gelockert, sodass auch sie nicht greifen konnte. Wir können auch einen Marder ausschließen. Wir haben die Schnitte eindeutig festgestellt.«

»Aber warum?«, weinte Nele. »Warum musste Karsten sterben.« Der Hauptkommissar erklärte ihr: »Frau Hoffmann, wir vermuten, es sollte nicht ihr Mann sterben, sondern Frau Harper. Denn ihr gehört das Auto.« Er sah Mara Mitfühlend an.

Dan wurde wieder einmal das ganze Ausmaß seiner Worte bewusst. Er sollte seine Frau und seine Kinder verlieren. Wut brannte in ihm auf. Wer kann denn so etwas nur wollen?

»Ihr Mann Frau Hoffmann war vermutlich zur falschen Zeit am falschen Ort.«

Mara brach zusammen. Sie weinte und fasste sich an ihren Bauch und verzog das Gesicht. »Dan die Briefe? Haben die Briefe etwas damit zu tun?«

Der Hauptkommissar hakte nach: »Welche Briefe?« Mara schrie auf und kippte vom Stuhl.

»Liebling ist etwas mit dem Baby? Hast du Schmerzen?«

Mara konnte nur noch nicken, dann verlor sie das Bewusstsein.

Im Krankenhaus kam sie wieder zu sich. Dan saß bei ihr. Tränennass waren seine Augen.

»Ist wieder alles in Ordnung mit dem Baby, fragte Mara?« Dan konnte nur mit dem Kopf schütteln. »Die Aufregung war zu viel für dich. Du hast sehr viel Blut verloren. Leider auch unser kleines Mädchen.« Der Arzt hat es mir erklärt, durch zu viel Stress, Angst stört ein Ungleichgewicht im Hormonhaushalt die Schwangerschaft. Bei dir wurde ein erniedrigter Hormonspiegel festgestellt. Der führte dann zur Fehlgeburt.«

Er ließ sein Kopf auf ihre Hand sinken. Mara weinte um ihr Kind. »Dan haben die Briefe, damit etwas zu tun?«

»Ich weiß es nicht, ich habe sie dem Hauptkommissar vorbei gebracht. Sie werden der Sache nachgehen.«

»Hasst uns Nele jetzt, Dan?«

»Ich hoffe und glaube es nicht. Wir können nichts dafür. Dein Auto stand auf unserem Gelände. Das Tor war geschlossen. Aber die Polizei hat festgestellt, dass die Kamera, die an der Garage installiert war, zerschossen war. Ich weiß auch nicht, warum die Securityfirma nichts bemerke. Hauptkommissar Klausen, wird auch der Sache nachgehen. Hast du Schmerzen Liebling?« Mara schüttelte den Kopf.

»In drei Tagen ist die Beerdigung von Karsten. Glaubst du, dass du stark dafür bist?«

»Dan ich bin ihm das schuldig. Ich muss dahin, egal wie ich mich fühle.«

Alle sind übermannt, von den Ereignissen.

7

Auf der Beerdigung von Karsten Hoffmann sind sehr viele Leute gekommen, er war sehr beliebt. Nele war nicht mit Dan und Maren böse. Sie wusste, sie konnten nichts dafür. So waren auch die engsten Freunde dabei. Als der Sarg in die Erde gelassen wurde, hörte man Nele und Mara schluchzen. Mara nahm Nele in den Arm. Auch Dan kämpfte mit den Tränen. Als er vor dem Grab stand und Erde hinein warf, fragte er im Stillen:

»Warum du, Karsten, warum ausgerechnet du?«

Er wusste, er wird keine Antwort bekommen. Maras Mutter blieb bei den Kindern. Nele brachte Marcel und Lucas zu Maria. Sie war froh, dafür keinen Babysitter anheuern zu müssen.

Nele und ihre Schwiegereltern mussten lange warten, bis alle Anwesenden ihr ihre Beileidswünsche übermittelten. Damit kam Nele fast an ihre nervliche Grenze. Sie vermisste Karsten so sehr.

Ihre Schwiegereltern konnten nicht verstehen, warum er durch so einen Grund sterben musste. Sie kannten Dan und Mara auch gut.

Am späten Nachmittag ging sie noch einmal ganz alleine zum Friedhof, um sich noch einmal von Karsten zu verabschieden. Die Ruhe tat ihrer Seele gut. So konnte sie stille Zwiesprache mit ihm halten.

Hauptkommissar Klausen betrachtete die Briefe, die er von Dan Harper bekam. Nachdem sie im Labor untersucht wurden, hat man sie ihm gebracht. Vielleicht gehört die Frau im Schauspielhaus dazu. Meine Güte, wozu Frauen doch fähig sind, wenn sie lieben, dachte er sich.

Der rosafarbene Brief muss von ihr sein, darin besteht kaum Zweifel. Das würde auch Sinn machen. Da waren wir Männer doch ganz anders, wir hauen dem Nebenbuhler eins auf Maul und dann hat es sich. Aber auch da gibt es schräge Typen, die herumballern. Das kannte er aus seiner langen Zeit bei der Polizei und als Hauptkommissar insbesondere. Er nahm sein Handy und wählte eine Nummer.

»Peters melden Sie mich bitte beim Schauspielhaus an. Ich fahre in 2 Stunden los.«

Im Schauspielhaus angekommen, wurde der Hauptkommissar von Herrn Ebert empfangen.

»Danke, dass Sie Zeit für mich haben.«

»Keine Ursache, was kann ich für Sie tun?«

»Sie wissen bestimmt, worum es geht. Dan Harper erzählte mir, Sie hatten vor 2

Wochen eine neue Mitarbeiterin, die sich Nora-Marie nannte.«

»Ach die meinen Sie. Das war eine komische Frau. So ganz anders, als unsere sonstigen Mitarbeiter. Dan Harper ist Selbstständig und bei uns nicht fest angestellt, aber wir beschäftigen ihn sehr gerne und oft, das schon über viele Jahre.

Die Frau nannte sich Nora-Marie Smith und war, wie wir letztendlich herausfanden, eine Lügnerin durch und durch. Sie hatte ihre Zeugnisse und den Uniabschluss gefälscht. Sie war sehr oft bei Herrn Harper anzutreffen. Mehrmals bat sie ihn um Hilfe. Unsere Angestellten oder auch freie Mitarbeiter wissen was sie tun und brauchen recht selten Hilfe von den Kollegen.

Hauptkommissar Klausen hakte nach:

»Gefälschte Zeugnisse?« Haben Sie es zur Anzeige gebracht?«

»Nein, wir haben sie fristlos entlassen. Das war mehr eine Übereinkunft mit ihr. Sie war auch sofort einverstanden. Ansonsten hätten wir es zur Anzeige gebracht.«

Hauptkommissar Klausen pfiff leise durch die Zähne.

»OK, das war das eine, aber mein Hauptanliegen ist ein anderes. Gibt es noch Gegenstände, die Frau Smith angefasst hat? Materialien, irgendetwas?«

Herr Ebert überlegte: »Wir können in der Requisite nachfragen. Leider war ihre Arbeit so stümperhaft, dass wir fast alles fortwerfen mussten. Wir warten mit der Entsorgung, bis unser Holzcontainer voll ist. Folgen Sie mir bitte. Das ist wirklich sehr tragisch, was mit dem Mann von Frau Hoffmann geschehen ist. Sie ist eine sehr gute Mitarbeiterin von uns. Aus verständlichen Gründen ist sie jetzt krankgeschrieben.«

»Ja sicher. Gehörte der Aufgabenbereich von Frau Smith auch in der Zuständigkeit, dass sie mit Frau Hoffmann zusammenarbeiten musste?«

»Nein, eigentlich nicht, aber auch der von Herrn Harper nicht, und dort war sie öfters.«

Der Hauptkommissar machte sich Notizen.

»Halt doch, wir haben einige Werkzeuge, die sie benutzt hat. Die haben wir noch nicht weiter gegeben, weil wir noch jemanden suchen. Die kann ich Ihnen gerne zeigen.«

Sie gingen in eine Werkstatt und zwei Werkzeuge wurden für den Hauptkommissar in eine Plastiktüte eingepackt.

»Wir sind natürlich daran interessiert den Fall aufzuklären, immerhin geht es um drei sehr gute Mitarbeiter von uns. Auch wenn Herr Harper nur sporadisch hier beschäftigt ist. Sollte Frau Harper nicht mehr zu unserem Team gehören, würden wir das sehr bedauern.«

Sie gingen weiter zur Requisite.

»Hallo Walter, Hauptkommissar Klausen benötigt unsere Hilfe. Habt ihr noch etwas, was Nora-Marie Smith angefasst hat? Du weißt schon, die wir entlassen mussten.«

Walter überlegte und rieb sich das Kinn.

»Gestern erst wurde der Container geleert, aber ich weiß von Nele, dass sie auch zu ihr ab und zu kam und sie über Dan ausfragte. Das eine Kleid hatte es ihr angetan, was auf der Puppe in der Ecke war. Nele sagte ihr öfters, dass sie es in Ruhe lassen soll. Das muss sie öfters angefasst haben. Vielleicht ist es noch das gleiche Kleid. Mensch, die arme Nele. Das Mädel tut mir so leid. Sie hat oft von ihrem Mann und den Kindern erzählt.«

»Danke, Sie haben mir schon weiter geholfen«, meinte der Hauptkommissar. Auch Herr Ebert bedankte sich bei Walter.

»Kann ich das Kleid bitte mal sehen?«, fragte der Hauptkommissar.

»Ja lassen sie uns in die Kostümschneiderei gehen.«

Sie kamen in den Raum und sie sahen, wie eine Kollegin von Nele gerade das Kleid anheben wollte.

»Halt Frau Olpert, bitte das Kleid nicht anfassen«, rief Herr Ebert. Erschrocken drehte sie sich um.

»Ach Herr Ebert, was haben Sie mich eben erschrocken.«

»Tut mir leid. Ist es das Kleid, was schon so lange hier hängt?«

»Ja das ist es, ich wollte es abnehmen und ein anderes drauf tun.«

»Herr Hauptkommissar, hier ist es.»

»Können sie es in eine Plastikhülle tun?«

»Ja wir haben dafür eine Vorrichtung.«

»Ist es möglich, dass sie mir das Kleid für 2 Tage überlassen können? Ich verspreche Ihnen, unser Labor wird sehr vorsichtig sein.«

»Das wäre sehr nett, denn dieses Kleid kostet ein Vermögen. Aber ist es denn heute schon möglich, Fingerabdrücke auf Stoff zu erkennen, Herr Hauptkommissar?«

»Ja in der Tat ist es heute schon möglich. Das kann mit der Vakuum-Metallisierung gemacht werden. Unsere Leute arbeiteten seiner Zeit eng mit dem englischen Team von Joanna Fraser von der Universität of Albertay Dundee zusammen. Sie glauben gar nicht, was heute so alles möglich ist. Auch ich bin immer wieder überrascht.«

Nachdem er das Kleid bekam, verabschiedete er sich und fuhr gleich ins Labor und anschließend zu der Werkstatt, die den A4 wartete. Schnell wurde er zum Chef der Werkstatt vorgelassen.

»Die Kripo bei uns? Herr Hauptkommissar was kann ich für sie tun?«

»Herr Schmidt ich habe hier eine Rechnung von dem A4 der Familie Harper. Sie haben den Wagen gewartet, ist das richtig?«

»Ja das stimmt, Familie Harper sind gute Kunden von uns. Warum fragen Sie?«

»Ist Ihnen an dem Wagen etwas aufgefallen? Gab es Probleme mit den Bremsen?«

»Nein absolut nicht, das ist von Frau Harper ein fast neuer Wagen, erst ein Jahr alt. Wir haben die normale Inspektion gemacht. Unser Monteur hat danach eine Probefahrt gemacht, es war alles in Ordnung. War das der Wagen in den Nachrichten, wo es drei Tote gab?«

»Ja das ist richtig.«

Oh mein Gott, es ist doch Frau Harper nichts passiert?«

»Nein ihr nicht, ein Freund hatte sich das Auto geliehen. Ich danke Ihnen für Ihre Auskunft. Sie haben mir sehr geholfen.« Er stand auf und verabschiedete sich von Herrn Schmidt und fuhr wieder ins Präsidium. Er lud den Chef von der Securityfirma vor.

»Herr Wolters, ich danke Ihnen, dass sie meiner Einladung gefolgt sind.«

»Aber gerne doch, es geht bestimmt um das Haus von der Familie Harper.«

»Ja genau, Ihre Firma hatte den Auftrag das Anwesen der Familie Harper zu bewachen. Wie kann es sein, dass man nichts am 12.Mai bemerkt hat?«

»Herr Hauptkommissar, ich bin untröstlich, was dort passiert ist. Es war ja in alle Nachrichten. Ich habe die beiden Männer deshalb fristlos entlassen. Ich erwarte einwandfreie Arbeit. Es war wohl so, dass sie sich genau in der fraglichen Zeit etwas zu Essen holten. Ich weiß, dass hätte nicht passieren dürfen. Sie haben meiner Firma sehr geschadet. Meine Firma zeichnete sich bisher aus, weil meine Männer hervorragende Arbeit leisten.«

Hmm, machte der Hauptkommissar.

»Als ihre Männer zurückkamen, haben sie auch nicht gesehen, dass die Kamera an der Garage zerschossen wurde?«

»Nein leider nicht, Herr Hauptkommissar. Genau diese Frage habe ich ihnen mehrmals gestellt.«

»Herr Wolters, überprüfen Sie ihre Angestellten?«

»Oh ja Herr Hauptkommissar, ich achte darauf, dass sie alle Prüfungen haben, ich verlange auch ein polizeiliches Führungszeugnis. Meine Angestellten haben schon mehrere Jahre in dem Beruf gearbeitet. Ich erkundige mich auch bei ihrem letzten Arbeitgeber.«

»Ja das sollte wirklich genügen«, murmelte der Hauptkommissar. Er bedankte sich bei Herrn Wolters, er konnte gehen. Ist doch unglaublich, gehen zusammen Essen holen, dachte er noch.

8

Fünf Tage waren seit der Beerdigung vergangen und es klingelte an der Tür von Nele.
Sie ging sie öffnen.

»Ach Sie Herr Hauptkommissar, kommen sie herein. Ich bin immer noch dabei die Papiere zu sortieren.«

»Guten Tag Frau Hoffmann, ich hoffe, ich komme nicht ungelegen. Wie geht es Ihnen?«

»Danke es geht so. Ich bin noch völlig durch den Wind. Ich vermisse meinen Karsten. Und nun muss ich mein Leben erst einmal irgendwie auf die Rolle bekommen. Ich erwarte das 3. Kind, worauf wir uns so sehr gefreut hatten. Möchten Sie einen Kaffee?«

»Ich habe übrigens zwei Briefe von den Hinterbliebenen von dem Renault bekommen. Sie fragten an, ob ich für den Unfall hafte. Ich habe mich schon sehr aufgeregt. Ich habe die Briefe meinem Anwalt gegeben. Denn ich kann doch nun wirklich nichts für den Unfall.«

»Danke sehr, den Kaffee nehme ich gerne. Nein natürlich haben Sie keine Schuld an dem Unfall. Das haben Sie richtig veranlasst, dass Sie das einem Anwalt übergeben haben.

Ich habe eine Frage an Sie Frau Hoffmann. Frau Smith war doch auch hin und wieder bei Ihnen im Schauspielhaus. Ist das richtig?« Nele ging in die offene Küche um den Kaffee zu holen.

»Frau wer? Smith? Nee die kenne ich nicht. Wer soll das denn gewesen sein?«

»Ich spreche von Nora-Marie Smith.«

»Ach Sie meinen Nora-Marie? Ich kenne ihren Nachnamen nicht. Sie hat sich bei mir nur mit dem Vornamen vorgestellt. Das war sowieso ungewöhnlich, dass sich neue Mitarbeiter alleine vorstellen. Meistens kommt jemand von der Verwaltung mit. Oh ja die kenne ich. Sie hat mich ständig über Dan Harper ausfragen wollen. Ob er verheiratet ist, ob er glücklich ist usw. Sie ging mir damit oft auf die Nerven. Ich sagte ihr so manches Mal, sie soll Dan selber fragen, oder auch Mara, sie arbeitet auch hier.

Und ständig musste sie bei mir alles anfassen. Wissen Sie Herr Hauptkommissar, ich bin da ein bisschen pingelig. Ich nehme meinen Beruf sehr ernst und möchte meine Sachen dort wiederfinden, wo ich sie hinlege. Besonders das Kleid an der Schneiderpuppe hat ihr gefallen. Ständig hat sie es angefasst, ich habe sie dann rausgeschmissen. Das war eine komische Frau.

Mir ist aufgefallen, sie stylte sich wie Mara, also Frau Harper. Mara ist meine beste Freundin und manchmal dachte ich, Mara kommt zu mir. Ist das nicht zu verrückt, wenn jemand einen anderen so kopiert? Sie kam mit braunen Haaren und 3 Tage später hatte sie blonde Haare und exakt die gleiche Frisur und gleiche Haarlänge wie Mara. Sie war nur etwas schlanker als Mara. Obwohl Mara schon schlank ist. Ich bin mir nicht sicher, aber es sah so aus, dass sie mal etwas dicker war. Aber ich kann mich täuschen. Ihre Oberarme waren etwas wabbelig. Das passte nicht zu ihrem Körper.«

»Hatte Frau Smith Freunde im Schauspielhaus?«

»Nee, das kann ich mir nicht vorstellen, alle die ich kenne waren von ihr einfach nur genervt. Besonders der Regisseur. Wir haben ein paar schwule Kollegen und von denen sagt man, dass sie zu Freuen immer zuvorkommend sind, was ich auch bestätigen kann. Selbst die lästerten über sie. Ich glaube nicht, dass sie wirkliche Freunde im Schauspielhaus fand. Wir alle waren froh, als sie weg war. Wir im Theater sind eine gute Truppe und sie passte da einfach nicht hinein. Mehr kann ich über sie auch nicht sagen. Glauben Sie, dass sie etwas mit dem Unfall von Karsten zu tun hat?«

»Das wissen wir noch nicht, wir ermitteln in alle Richtungen. Ich danke Ihnen Frau Hoffmann, das hat mir sehr geholfen. Sollte Ihnen noch etwas einfallen, melden Sie sich bitte bei mir. Hier ist meine Karte. Und vielen Dank für den Kaffee.«

»Danke Herr Hauptkommissar, die haben Sie mir bereits gegeben. Ich hoffe nur, dass wir erfahren, wer daran schuld war.«

Der Hauptkommissar stand auf und ging zur Tür.

Mara fühlte sich noch sehr schwach. Sie trauerte um ihr ungeborenes Kind und um ihren Freund Karsten. Auch Dan war sehr geknickt. Ihre Mutter hatte die Kinder bei sich unten und Mara knuddelte Bella. Sie war schon immer ihr Seelentröster. Sie war so froh, dass sie Bella hatte. Sie schien sie immer zu verstehen. War immer bei ihr. Die Kinder liebten sie auch. Hunde können den Menschen so viel geben, dachte sie bei sich.

»Dan was ist mit uns los? Warum ziehen wir jedes Unglück an? Zuerst meine Entführung, dann hat Ilona ihre Hand verloren und nun das hier. Wir bringen den Leuten nur Unglück. Und in allem, sind wir involviert. Das muss doch irgendwann einmal aufhören.« Wieder stiegen Tränen in ihren Augen. Bella leckte sie ab.

»Liebling, so darfst du nicht denken.« Aber insgeheim gab er ihr Recht. Nur sagen durfte er es ihr nicht. Was sollte er ihr antworten? Sie haben durch diese dumme Sache ihr Kind verloren.

»Mara möchtest du zu einem Psychologen? Damit du das alles verarbeiten kannst.«

»Nein Dan, wir haben schon immer alles zusammen verkraftet, ich habe Bella. Mehr brauche ich nicht. Doch, ich brauche noch etwas Zeit. Weißt du noch, alle wurden schwanger, wenn wir mit ihnen in den Urlaub fahren wollten. Ilona, Nele, Sünja. Von Ihr habe ich schon lange nichts mehr gehört. Am lustigsten war Nele. Als du es lange nicht verstanden hast, warum sie dann doch nicht mit uns Fliegen konnten, weil sie in dieser Zeit im Krankhaus erwartet wurde.«

»Oh ja, da habt ihr mich voll reinrennen lassen.«

»Und du brauchtest einen Whiskey, als du er versanden hattest.« Beide mussten schmunzeln und dann wurde Mara wieder ernst.

»Wer will uns umbringen Dan?«

Ihre Worte brachen ihm fast das Herz.

»Ich weiß es nicht Mara. Ich werde alles in meiner Macht stehende tun, dass das verhindert wird. Du und die Kinder, ihr seid mein Leben. Ohne euch will ich nicht mehr sein.« Und das meinte er bitterernst.

Mara stand auf und ging zu Dan und umarmte ihn. Sie hatte Tränen in den Augen.

»Ich hätte fast die Frauenquote erhöht.«
»Ja mein Schatz, das hättest du.«

Es klingelte an der Tür und Dan ging nachsehen. Es war Nele mit Marcel und Lucas. Das erste Mal, das sie seit der Beerdigung zu ihren Freunden ging. Auch Mara stand auf und ließ Bella runter, die sie auf dem Arm hatte.

»Hi«, sagte Nele vorsichtig. Sie setzte Lucas auf dem Teppich. Marcel schaute sie abwartend an.

»Bitte entschuldigt, dass ich mich nicht vorher gemeldet habe, aber ich brauchte die Zeit für mich.« Dann ging sie auf Dan und Mara zu und nahm ihre Freunde in den Arm.

»Hi Nele, schön dich zu sehen. Ich danke dir, dass du uns nicht böse bist«, meinte Mara.

»Warum soll ich euch böse sein, ihr könnt doch nichts dafür.« Tränen liefen ihr über das Gesicht.

»Mara, ich bin untröstlich, dass du dein Baby auch noch verloren hast. Ich möchte die Person nicht in die Finger bekommen, die uns so viel Leid angetan hat.«

Wut kam in ihr hoch. Dan und Mara stimmten ihr zu.

Nele erzählte weiter: »Dan, du hast mir eine große Freude gemacht, als du mir erzähltest, dass Karsten das mit dem 3. Kind geahnt hatte. Es war für mich so schlimm, als ich von seinem Tod erfuhr und ich wollte es ihm an diesem Abend sagen. Für mich ein schönes Gefühl, dass er es wohl wusste.«

»Ja das hatte Karsten mir am Grill erzählt. Er war gespannt, wann du ihm es sagen wolltest. Wir stießen auf diese frohe Nachricht an.«

Mara fragte Nele, wie es ihr mit dem Baby ging.

»Soweit sind die Ärzte zufrieden. Ich versuche so fröhlich wie möglich, zu sein. Für das Baby eben und natürlich für Marcel und Lucas. Es fällt mir noch sehr schwer. Aber ich will unbedingt dieses Baby, das ist das letzte Geschenk von Karsten. Ich hoffe, es wird ein kleines Mädchen, wie er es sich gewünscht hatte.« Und wieder liefen ihr die Tränen hinunter.

»Nele soll ich Marcel und Lucas zu Maria bringen, dort sind unsere Kinder im Moment.«

»Ja gerne Dan, dann können wir uns besser unterhalten.«

Dan nahm je ein Kind unter seinem Arm. Sie kicherten, weil sie es so lustig fanden. »Na dann kommt mal mit, ich bringe euch zu netten Leuten, die sich freuen euch zu sehen.«

Als Nele das sah, wie Dan mit den Kindern umging, wurde ihr das Herz schwer. Sie dachte an Karsten.

»Marcel fehlt sein Papi. Lucas ist noch zu klein. Ich versuchte es Marcel zu erklären, dass sein Papi jetzt im Himmel ist und auf ihn aufpasst. Seitdem steht er oft am Fenster und redet mit seinem Papi. Das tut mir in der Seele weh.«

9

Als Dan wieder kam, erzählte sie ihnen, warum der Hauptkommissar bei ihr war. Mara und Dan hörten sich alles an.

»Dan kann es sein, dass dieses Miststück damit etwas zu tun hat?«

»Ich weiß es nicht genau Nele. Ich sagte es Mara bereits, sie kommt mir irgendwie bekannt vor. Ich komme einfach nicht drauf, woher. Es war keine Ex-Freundin, auch von meinen Kunden kann ich es fast ausschließen. Es ist schon sehr frappierend, dass sie wie ein Zwilling von Mara aussieht.«

»Alle im Schauspielhaus sind froh, dass sie weg ist. Sie hat viele genervt.«

»Nicht alle, Günter erzählte mir, er wollte sie anbaggern, aber er ist abgeblitzt. Er durfte sie auch nicht Nora-Marie nennen. Günter musste sie mit ihrem Nachnamen anreden.«

»Echt, ach ja, das war ein Mann, und sie war ja wohl nur hinter dir her«, sagte Nele.

»Es wird auf jeden Fall niemand mehr erfahren außer Mara, wo ich meine Aufträge habe. Ich möchte vermeiden, dass sie wieder vor meiner Nase auftaucht. Ich könnte nicht garantieren, was dann passieren würde. Nein Mara, nicht was du denkst.«

»Mal sehen, ob der Hauptkommissar etwas herausfindet. Er hat sogar das Brokatkleid an der Schneiderpuppe mitgenommen.«

Dan fragte Nele:

»Nele, ich möchte mein Umfeld jetzt so gut wie möglich schützen, darf ich das auch für dich tun?«

»Nein Dan, das brauchst du nicht, ihr wisst, was für einen Beruf Karsten hatte. Als Versicherungskaufmann hat er uns gut abgesichert, wie ich vorgestern gesehen habe. Ich kann auf jeden Fall unser Haus halten. Das ist eine große Erleichterung.«

»Das freut mich Nele, dann lass uns die gleiche Firma nehmen. Ich habe die Securityfirma gewechselt. Nun hoffe ich, die nehmen ihren Beruf ernster. Bevor das nicht alles geklärt ist, möchte ich, dass ihr abgesichert seid. Ich möchte nicht noch einen meiner besten Freunde verlieren.«

Nele war gerührt, ging zu Dan und umarmte ihn. »Wir müssen zusammenhalten, wie wir es schon immer getan haben. Dann kann uns niemand von außen etwas anhaben«, erwiderte Nele. Mara und Dan stimmten ihr zu. Dan verließ das Wohnzimmer, um in sein Büro zu gehen. Er wollte die beiden Freundinnen eine Zeit alleine lassen. Sie haben bestimmt, viel zu reden.

»Mara, wie geht es dir wirklich«, fragte die Freundin.«

»Ehrlich gesagt beschissen. Ich zermartere mir den Kopf, wer uns ins Jenseits befördern will. Es muss jemand sein, der es billigend in Kauf nimmt, zwei unschuldige Kinder in den Tod zu reißen.«

»Nicht nur die Kinder Mara, auch du bist unschuldig. Eine Frau von gerade mal 33 Jahren ist auch noch viel zu jung. Möchtest du noch ein weiteres Kind.«

»Im Moment nicht, ich muss erst einmal mit mir klarkommen. Es ist so schwer, vor den Kindern die heile Welt zu spielen.«

»Mara was hast du mir wegen Marcel gesagt, Erinnerst du dich noch?«

»Ja ich weiß, ich gebe zu, wenn man selber vor dem Problem steht, sieht es ganz anders aus. Man will seine Kinder schützen, ihnen die heile Welt erhalten.«

»Mara, diese heile Welt gibt es nicht. Kinder verstehen das wirklich. Ich sehe es an Marcel.

Sag ihnen, dass es dir im Moment nicht so gut geht. Sie können damit besser umgehen, als mit einer Lüge. Marcel hat mir mit seinen 3 ½ Jahren auf dem Kopf zu gesagt, dass ich die Unwahrheit gesagt habe. Glaube mir, das hat mich richtig geschockt.«

Mara schaute Nele verduzt an.

»Erst als ich vor ihm weinte und ihm erzählte, dass auch ich seinen Papi so sehr vermisse, da hat er mir geglaubt. Ich habe ihm erzählt, dass sein Papi im Himmel ist und wenn er einen ganz hellen Stern sieht, dann soll er an seinen Papi denken. Seitdem zeigt er mir jedes Mal den hellen Stern, den er sieht. Manchmal redet er mit ihm sehr lange. Ich bilde mir ein, dass er manchmal seinen Papi auch fühlt.

Mara, das musste ich auch erst lernen. Erzähle deinen Kindern, wenn es dir nicht gut geht. Sie erwarten keine Übermama. Du musst ihnen nichts von dem Mordfall erzählen. Aber du kannst ihnen sagen, dass du sehr traurig bist, weil ein guter Freund gestorben ist.«

Mara nickte und meinte, dass sie mit ihnen reden wird.

»Nele, wann wirst du wieder arbeiten gehen?«

»Ich möchte es nächste Woche versuchen. Ich muss sehen, wie Marcel und Lucas damit klarkommen. Meine Mutter wird sie nehmen. Und du Mara?«

»Ich fühle mich noch so schwach. Der hohe Blutverlust macht mir noch zu schaffen. Sobald es mir wieder besser geht, will ich es auch versuchen. Ich habe im Moment nur noch Angst. Das kann ich aber nicht Dan erzählen. Er trägt auch sehr schwer an der Situation.«

»Glaubst du nicht, er sieht es dir an? Ich glaube aus diesem Grund setzt er sich so für die Bewachung von euch ein. Es ist für uns alle eine schwere Zeit.«

Mara stimmte ihr zu.

»Dan möchte gerne, dass ich ein paar Tage an die See fahren soll. Aber mir fällt es so schwer, ohne ihn zu sein. Er kann aus beruflichen Gründen nicht. Hast du Lust mitzukommen? Meine Mutter würde auch mitfahren, damit ich auch eine kurze Zeit für mich habe.«

»Hmm, das wäre zu überlegen. Vielleicht würde mir das auch gut tun. Lass mich mal mit meinem Arzt reden. Ich rufe dich dann an. Ich muss auch wieder nach Hause. Nun hole ich erst einmal meine Kleinen bei Maria ab.«

Es gab ein lautes Hallo, als die Kinder Nele sahen.

Dan war froh, dass Mara es wahr machte und für eine Woche an die See fuhr. Mit ihrer Mutter und Nele wird es ihr gut tun und er konnte endlich sein Versprechen einlösen. Er hatte schon längst alles in die Wege geleitet. Nun konnte er seinen Baumstamm aus dem Schwarzwald kommen lassen. Er nahm sich für die ganze Aktion 3 Tage frei. Mit allem schaffte er es gerade so. Er sägte wieder seine geliebten Waschbären. Dieses Mal kam noch ein Waschbärbaby hinzu. Nun war er gespannt, was Mara dazu sagt. Die Nachbarn kamen vorbei, so wie bei Amy in Albany. Einige fragten Dan, ob er ihnen auch so etwas sägen konnte. Aber als sie hörten, was das kostet und wo die Baumstämme herkommen, winkten sie ab. Ja Kunst ist nicht immer günstig, dachte er sich. Er hatte gerade alles sauber gemacht da fuhren sie auch schon vor. Nele hatten sie mitgebracht. Die Figur hatte er so stellen lassen, dass man sie gut sehen konnte.

Mara hatte gerade Bea auf dem Arm, als sie sich dem Haus zuwandte. Sie stieß ein Schrei aus, als sie die Figur sah. Ihre Mutter nahm ihr Bea ab und Mara lief zur Garage. Dan hatte sie beobachtet und sein Herz erfreute sich, als er sie und seine Familie sah.

»Dan, ich fasse es ja nicht. Du hast es wahr gemacht. Oh wie schön.« Sie lief zu Dan und umarmte ihn.

»Papa, Papa riefen die Kinder.« Nele zuckte kurz zusammen, als sie das hörte, aber dann stimmte sie mit ein, was eine tolle Figur.

Mara ging um die Figur und sah sich alles genau an. Sie hatte Tränen in den Augen.

»Mara ich hoffe doch, das sind Tränen des Glücks?«, fragte Dan und legte sein Kopf schief.

»Ja Dan. Das sind sie. Oh mein Gott, das Waschbärenbaby. Das habe ich bei deinen Arbeiten noch nie gesehen.«

»Glaube mir, das war auch eine echte Herausforderung.«

»Die dir aber sehr gut gelungen ist.«

Leise sagte sie zu ihm:

»Aha, wir haben die erste Million?«, lächelte sie.

Dan wusste, was sie meinte:

»Ja mein Schatz, das ist wahr.«

»Glaubst du, dass wir da noch einmal ansetzen sollten?«, er zeigte auf das Waschbärenbaby.

»Das wäre eine Überlegung wert, lachte sie.

»Aber gib mit bitte noch etwas Zeit.«

»Sicher doch mein Schatz.« Er küsste sie.

»Ach übrigens, ich habe einen neuen A4 bestellt. Er hat dir doch sehr gefallen, oder?«

»Ja sehr, das war ein schönes Auto.«

»Papa, wie hast du das gemacht«, fragte Dennis.

»Mit einer Säge«, erklärte er seinem Sohn. Dan wusste, was seinen Sohn durch den Kopf ging. »Wenn du alt genug bist, werde ich es dir zeigen.«

»Au ja Papa.« Dan wusste genau, eines Tages musste er sein Versprechen halten. Sie gingen ins Haus, wo sich alle erfrischen konnten.

Maria ging zu Dan: »Wow Dan, ich bin echt begeistert. Ich wünschte, Martin könnte das noch erleben. Er wäre sehr stolz auf dich.«

Dan nahm seine Schwiegermutter in den Arm: »Danke Maria, ja das wäre Martin wirklich.« Er gab ihr einen Kuss auf die Stirn.

10

Das Handy von Alfred klingelte. Als er ran ging, wurde er gleich angemacht:

»Was hast du dir dabei gedacht? Unsere Vereinbarung war eine Andere«, schnaubte Eva. »Das ist dir wohl klar, dass du dir das restliche Geld abschminken kannst? Eigentlich müsste ich den ersten Teil zurückfordern. Es sollte eine Frau dran glauben, meinetwegen zusammen mit ihrer Brut.«

»Nun halt mal den Ball schön flach. Eva, oder soll ich dich bei deinem richtigen Namen nennen? In deiner Erklärung stand drin, dass ich das Auto dingsicher machen sollte und das habe ich getan. Wenn ihr Typ damit fährt, kann ich nichts dafür. Eins kannst du dir auf deinen süßen Arsch schreiben, ich bekomme von dir mein Geld. Oder soll ich publik machen, wo du wirklich wohnst? Und wer deine wahre Identität ist? Du glaubst doch nicht im Ernst, dass ich mich nicht absichere.«

Er lachte und war mit sich zufrieden.

»Du Schwein, das wirst du bereuen.«

»Was denn willst du mir einen Killer schicken? Vergiss nicht, ich bin der Beste, ob es dir passt oder nicht. So nun erkläre ich dir mal meine Bedingungen. Höre genau zu:

Genau wie beim letzten Mal nimmst du dir ein Schließfach und legst 20.000€ rein und lässt mir mit dem gleichen Typ den Schlüssel überbringen. Hast du verstanden?«

»Sag mal, hat dir deine Mutter ins Gehirn geschissen? Das war nicht abgemacht.«

»Aber nun ist es abgemacht, du hast 2 Tage Zeit. Wenn nicht, glaube mir, ich finde dich. Deine Visage wird dann nicht mehr so hübsch aussehen, wie jetzt.« Und damit beendete er das Telefonat.

Eva wusste, Alfred hatte gewonnen und sie musste ihn bezahlen. Sie fluchte, aber das half nichts.

Dan begab sich auf die Fressgass, das ist die liebevolle Bezeichnung der Frankfurter Bürger für den Flanierstreifen zwischen Kalbächer Gasse und große Bockenheimer Straße. Er suchte ein besonderes Geschenk für Mara und schaute sich die Schaufenster an, als er eine Hand auf seine Schulter spürte. Er drehte sich um und er traute seinen Augen nicht. Sein Gesicht wurde zornig.
»Was willst du von mir Nora-Marie?«, in diesem Moment hörte er das Klicken der Kameras. Nora-Marie stellte sich sehr aufreizend neben ihn.
»Aber Dan magst du mich denn gar nicht mehr? Kannst du dir wirklich nicht vorstellen, was ich von dir will?«, säuselte Nora-Marie.

»Lass mich und meine Familie endlich in Frieden.« Dan wurde immer Lauter und einige Passanten drehten sich zu ihnen um.

»Dan ich liebe dich, du weißt doch bestimmt schon längst, dass wir zusammengehören. Hast du nicht gesehen, dass deine Frau langsam alt wird? Liegt es an dem vielen Kinderkriegen? Ich bin jung und und schön und könnte dir alles geben, was ein Mann sich erträumt. Und lieber Dan, ich bekomme immer, was ich will. Und wenn es auf Umwegen passiert«, damit lächelte sie ihn kalt an.

»Du bist ja total verrückt. Also kommen alle Briefe von dir.«, stellte er fest und seine Wut kannte keine Grenzen.

»Manchmal muss man jemand zu seinem Glück zwingen Dan.«

»Damit kommst du nicht durch«, erwiderte er verbissen.

»Oh doch mein Lieber, ich habe schon einiges erreicht.« Das war doch hoffentlich nicht das Auto deiner Frau, was in den Nachrichten zu sehen war.

Er packte sie am Arm und drohte ihr:

»Solltest du damit etwas zu tun haben, glaube mir, reiß ich dir deinen Arsch auf.« Er bebte am ganzen Körper.

Dan drehte sich um und ließ sie stehen. Nora-Marie rieb sich ihren Oberarm und lachte laut hinter ihm her.

»Du hörst von mir mein Schatz«, rief sie ihn noch hinterher.

Dan war außer sich vor Wut. Als er so dicht neben ihr stand, fiel es ihm wie Schuppen von den Augen, woher er sie kannte. Das ist doch aber nicht möglich, dachte er bei sich. Er fuhr augenblicklich nach Hause.

Als er die Haustür aufschloss, rief er Mara.

»Ich bin in der Küche Dan.«

Dan ging zum Schrank und goss sich und seiner Frau einen Rotwein ein, stellte die Gläser auf dem Tisch und wartete, bis Mara zu ihm kam.

»Papi Papi riefen die Kinder im Gleichklang und rannten ihn fast um.«

»Hey ihr Rasselbande. Wie ich sehe, geht es euch gut. Dan alberte mit ihnen ein bisschen rum und fragte, ob sie nicht mal runter zur Oma gehen wollen.«

Er nahm sie rechts und links unter seinen Arm. Wie damals die Kinder von Nele. Dennis und Bea kreischten vor Freude. Dan ließ sie runter und klopfte bei seiner Schwiegermutter an die Tür. Sie öffnete auch gleich und sah Dan an, dass irgendetwas nicht in Ordnung war.

»Maria kannst du bitte die Kinder für eine Stunde nehmen, ich erkläre es dir nachher.«

»Ja sicher«, erwiderte sie.

»Na dann kommt mal rein, ihr zwei. Ich hab etwas für euch.«

»Was denn, was denn«, riefen sie.

Dan Schloss die Tür. Als er wieder hochging, schaute Mara ihn fragend an.

»Komm setzt dich zu mir, ich muss mit dir reden.«

Oh je, dachte Mara, was kommt denn jetzt?

»Mara, was ich dir zu erzählen habe, wird dir nicht gefallen. Aber ich möchte es nicht für mich behalten.«

»Ja«, fragte Mara und sie sah ihren Mann an, dass er zitterte.

»Ich war heute in der Fressgass und rate mal, wen ich dort traf?«

»Hmm, ich weiß nicht, du kennst so viele Leute.«

»Nora-Marie legte mir eine Hand auf meine Schulter und schon klickte jemand mit einer Fotokamera.«

»Nein Dan, die schon wieder?«

»Ja Mara und du musst damit rechnen, dass du vielleicht ein Bild von uns in der Zeitung sehen wirst, warum sonst macht jemand ein Foto von uns?«

Dan erzählte ihr den ganzen Vorgang. Auch das ihm einfiel, woher er sie kannte.

»Du weißt es jetzt?«

»Aber das macht für mich keinen Sinn. Sie sieht im Gesicht wie Marianne Lemke aus. Als ich damals in Berlin war, erinnerst du dich? Du warst so eifersüchtig, weil sie an mein Handy ging.«

»WOW die, aber hast du mir damals nicht gesagt, dass sie 3 Zenter wog und sie nur mit ihrem Freund telefonieren wollte.«

»Ja wog sie auch, vermutlich wollte sie nicht mit ihrem Freund reden, sondern hat mein Handy durchstöbert. Ich habe dir das Bild gezeigt. Leider habe ich es nicht mehr.«

»Weißt du, was Nele zum Hauptkommissar damals sagte? Das erzählte sie mir auch, dass sie den Eindruck hat, dass die Tussy einmal dicker war, weil sie wabbelige Oberarme hat. Klar, wenn du so viel abnimmst, dann brauchst du auch einige OPs.

Moment Mal Dan, sie machte eine Anspielung auf das Auto?« Nun fing auch Mara an, zu zittern.

»Du bist dir jetzt sicher, dass sie die Briefe geschrieben hat? Mittlerweile sind es ja acht Stück. Dan wir müssen es dem Hauptkommissar sagen.«

»Ja ich gehe Morgen früh zu ihm. Vielleicht hat er auch schon etwas heraus gefunden.«

»Dan, du hast die Frau wirklich nur einmal in Berlin gesehen?«

»Mara, ich war nur die 7 Tage in Berlin, da habe ich sie öfters bei ihrem Vater gesehen, aber wir haben so gut wie nicht miteinander gesprochen. Ihr Vater war der Projektleiter. Bis sie mich fragte, ob sie mein Handy benutzen dürfte. Sie hatte stress mit ihrem Freund und müsste ihm ganz dringend anrufen.«

»Was muss das für eine durchgeknallte Person sein, uns so das Leben zur Hölle zu machen.

»Woher wusste sie, dass du heute auf der Fressgass bist?«

»Das weiß ich wirklich nicht, ich habe nur mit Günter darüber gesprochen. Moment, ich rufe ihn mal an.«

»Hi Günter, sag mal hast du Nora-Marie erzählt, dass ich heute auf der Fressgass bin? Hast du noch Kontakt zu ihr?«

Günter druckste herum.

»Na ja, sie rief mich Gestern an und du weißt ja, dass ich ein Auge auf sie geworfen habe. Ich durfte sie sogar, Nora-Marie nennen. Aber dann hat sie nur nach dir gefragt. Ob du heute im Schauspielhaus bist. Ich war sauer und habe ihr gesagt, dass sie dann auf die Fressgass gehen muss.«

»Du weißt aber schon, dass sie total durchgeknallt ist, oder?«

»Ja das weiß ich, aber wenn ich an die denke, glühen bei mir die Drähte.«

»Günter du bist mein Freund, ich möchte nicht mehr, dass diese Frau erfährt, wo ich bin und was ich tue. Ist das klar?«

»Ja aber was regst du dich so auf?«

»Glaube mir, ich habe meine Gründe und ich zeige sie Morgen früh an.«

Dan hörte, wie Günter schluckte. »Muss das wirklich sein, Dan?«

»Ja das muss wirklich sein, irgendwann wirst du die Story erfahren. Vermutlich sogar von den Zeitungen.« Damit beendete Dan das Telefonat.

Zu Mara gewandt, erklärte er:

»Das war der verliebte Gockel Günter. Der hat ihr Gestern erzählt, dass ich heute auf die Fressgass wollte. Ich bin mir fast sicher, dass sie auch alle Briefe geschrieben hat.«

11

Hauptkommissar Klausen kam gerade in sein Büro, als er Dan Harper auf dem Gang auf und ab laufen sah.

»Guten Morgen Herr Harper, wollen sie uns das Linoleum durchlaufen?«

»Nein, eigentlich nicht«, schmunzelte Dan.

»Kommen Sie doch herein. Sie wollen bestimmt wissen, ob wir etwas heraus gefunden haben.«

»Das auch, aber ich wollte Ihnen ein paar Infos geben.«

Der Hauptkommissar zog die Augenbraue hoch. »Dann lassen Sie mal hören.«

Als Dan ihm die Story von Gestern erzählte, hakte er sofort nach dem Auto nach.

»Sie erwähnte das Auto beim Unfall?«

»Ja das hat mich total geschockt. Ich habe sie auch etwas hart am Oberarm angefasst. Ich war sehr wütend.«

»Das verstehe ich.«

»Ach ja Herr Hauptkommissar, wir haben noch einen weiteren Brief bekommen.«

»Danke, ich werde ihn sofort ins Labor schicken, obwohl es wohl nicht mehr nötig sein wird.« Dan schaute ihn erstaunt an.

»Wir haben die Fingerabdrücke verglichen. Es fanden sich Fingerabdrücke auf dem Kleid bei Frau Hoffmann in der Kostümschneiderei und auf den Werkzeugen von Frau Smith. Diese Fingerabdrücke befanden sich auch auf den Briefen. Ich gehe davon aus, dass auf ihrem Brief heute, die gleichen Fingerabdrücke drauf sind. Ich sehe, sie haben den Brief gar nicht aufgemacht.«

»Nein, da steht bestimmt immer so in etwa das Gleiche drin.«

»Ja vermutlich.«, antwortete der Hauptkommissar.«

Kollege Peters steckte den Kopf ins Zimmer und rief den Hauptkommissar kurz heraus. Er entschuldigte sich bei Dan. Als er wieder rein kam, hatte er die Tageszeitung in der Hand.

»Wie recht sie doch haben, Herr Harper. Nora-Marie lässt nichts aus. Haben Sie das schon gelesen.«

Dan sah das Bild von Nora-Marie und sich auf der 4. Seite.

Über dem Bild war zu lesen:

»Neueröffnung mit neuem Geschäftspartner in der Fressgass.«

Der Hauptkommissar witzelte: »Aha sie haben jetzt eine Modeboutique?«

»Quatsch«, sagte Dan. Ich wollte meiner Frau ein Geschenk kaufen, aber nicht in dieser Boutique.

»War auch nur ein Spaß von mir«, dann wurde der Hauptkommissar wieder ernst.

»Ich werde der Modeboutique einen Besuch abstatten.«

Aber noch etwas haben wir gefunden, Herr Harper. Wir haben auch die gleichen Fingerabdrücke auf den Bremsleitungen gefunden. Und das wird jetzt so richtig Ernst. Auf der anderen Seite wundert mich das auch. Denn das ist keine Arbeit für eine zierliche Frau. Das erscheint mir auch sehr stümperhaft, wenn sie das wahr, hatte, sie keine Handschuhe an? Wer lässt denn seine Visitenkarte gleich da. Das kommt mir nicht ganz koscher vor.

Wir kennen den wahren Beruf von, sagen wir mal, Frau Smith nicht. Die Papiere waren gefälscht, auch ihr Universitätsabschluss. Nur finden wir diese Frau nicht, nicht unter diesem Namen. Sie ist nirgends registriert.«

»Herr Hauptkommissar versuchen Sie es mal unter Marianne Lemke.«

»Marianne Lemke? Lemke? Sie meinen doch nicht den Regisseur Lemke.«

»Ich war seiner Zeit für eine Woche in Berlin und der Projektleiter hieß Lemke. Marianne ist seine Tochter. Aber wenn die es wirklich ist, muss sie einige Operationsnarben haben. Denn Marianne wog damals um die drei Zentner.«

»Hmm das erwähnte Frau Hoffmann auch. Das ist ja interessant. Ich werde gleich eine Fahndung nach ihr raus geben. Dann werden wir weitersehen. Herr Harper, ich danke Ihnen für die Information. Ich glaube, so werden wir den Fall bald lösen können.«

Am Mittag fuhr Hauptkommissar Klausen zur Modeboutique auf die Fressgass. Als er die Tür öffnete, fuhr ihn gleich ein Mann an.

»Nein, wir geben keine Interviews mehr und nein die Boutique hat keine neuen Geschäftspartner. Sie können wieder gehen.«

»Na holla, so gehen sie mit Kunden um«, schmunzelte der Hauptkommissar und er gab sich zu erkennen und zeigte seine Dienstmarke.

»Hauptkommissar Klausen? Kann ich bei Ihnen gleich eine Anzeige machen?«

»Warum sind Sie denn so genervt«, fragte der Hauptkommissar.

»Ach, wenn Sie wüssten, was wir schon den ganzen Morgen mitmachen müssen.

Seitdem diese unsägliche Anzeige in der Zeitung steht. Die Journalisten rennen uns die Bude ein. Ich musste die Boutique schon kurz schließen. Bestohlen wurden wir bei dem Andrang auch noch. Ich kenne diesen Mann nicht, der angeblich der neue Geschäftspartner sein soll. Die Frau ist eine Kundin von mir. Ich werde ihr Hausverbot erteilen, sobald sie hier erscheint. Solche Lügenmärchen zu verbreiten. Die Presseleute lassen sich aber auch jeden Schund erzählen.

Ach entschuldigen Sie Herr Hauptkommissar, mein Name ist Georg Meyer, ich bin der Besitzer von dieser Boutique hier. Sie ist schon in der 3. Generation in meiner Familie und wir denken nicht daran, weitere Geschäftspartner rein zu holen. Uns geht es nicht so schlecht, dass wir das müssten.«

»Ist schon gut, ich kann Ihre Aufregung verstehen. Wissen Sie wie die Kundin heißt?«

»Ich weiß nur, dass sie Marianne heißt. Ihren Nachnamen kenne ich nicht. Sie wollte immer nur mit dem Vornamen angesprochen werden und zahlte immer in bar. Das ist bei uns schon recht ungewöhnlich. Wir haben keine Ramschware. Bei uns ist der Kunde immer noch König.«

»Ja wenn Sie möchten, können Sie eine Anzeige bei mir aufgeben. Ich müsste Sie dann bitten in mein Büro zu kommen, dass wir das Protokoll aufnehmen können.«

»Auf jeden Fall möchte ich das, wir haben einen Ruf, zu verlieren. Das ist ja schon fast Rufmord, was sie mit uns treibt. Viele Kunden kamen zu uns und waren außer sich. Gott sei Dank konnte ich sie beruhigen.«

»Hier ist meine Karte, kommen Sie doch morgen Vormittag vorbei, wenn es Ihnen recht ist.«

»Ja ich komme Morgen zu Ihnen, die Zeit nehme ich mir. Ich danke Ihnen Herr Hauptkommissar. Ach, ich hoffe, der ganze Wirbel ist bald zu Ende.«

Als Dan Mara erzählte, was er erfahren hat, wurde sie kreidebleich.

»Ich habe euer Bild in der Zeitung gesehen. Nein sehr verliebt schaust du da nicht aus.«

»Nee, ich war ganz schön geladen. Das kannst du mir glauben.«

»Was sagst du da, diese Tussy ist schuld, das Karsten sterben musste? Das heißt ja im Klartext, die hat drei Tote auf dem Gewissen. Klar, dass sie mich aus dem Weg haben wollte. Sie wollte nur dich. Dan, wir müssen es Nele erzählen.«

»Mara, das ist bisher nur eine Vermutung, wir müssen abwarten, ob es auch bewiesen wird. Ja, ruf Nele an und bitte sie zu uns zu kommen, wenn es ihr möglich ist.«

»Dan ich bekam heute einen Anruf, von einer Freundin, die in dieser Modeboutique immer einkaufen geht. Sie war heute dort und der Besitzer sagte ihr, wie genervt er sei. Die Journalisten würden ihm die Bude eintreten. Es ist ein alteingesessenes Familienunternehmen. Einige Kunden waren erbost, dass er verkaufen will, was er natürlich nicht vorhatte. Manche der hochgestochenen Kunden sind da sehr pingelig.

Aber was wolltest du dort eigentlich?«

Dan musste schmunzeln.

»Ich wollte meiner Frau ein Geschenk kaufen, aber durch die Schnepfe, kam ich nicht mehr dazu, weil ich richtig wütend war.«

»Das ist aber lieb. Du weißt aber auch, dass ich nicht so teure Fummel brauche, oder?«, sie lächelte ihn an.

»Oh ja, das weiß ich, also hast du noch etwas gut bei mir.«

Als Nele bei ihnen auf dem Sofa saß, und die ganze Geschichte hörte, brach sie in Tränen aus.

»Wegen diesem Miststücks mussten Karsten und die anderen beiden Todesopfer sterben? Die war so oft bei mir und nervte mich tierisch.«

Mara ging zu ihrer Freundin und umarmte sie. »Nele, wir sollten das noch für uns behalten. Lass die Polizei sie erst einmal kriegen. Sie haben schon eine Fahndung herausgegeben.«

»Eins könnt ihr mir glauben, ich werde als Nebenklägerin auftreten. Ich will in ihre Augen sehen, wenn sie verurteilt wird.«

Dan erklärte ihr: »Nele, bisher sind es nur Vermutungen, noch keine Beweise. Ich verstehe natürlich deinen Zorn. Jeder kann ihn verstehen.«

Die Fahndung lief und Hauptkommissar Klausen bekam Besuch. Sein Kollege Peters kam zur Tür und erklärte das ein Herr Stefan Lemke zu ihm wollte.

»Lemke? So heißt doch unsere Kandidatin, die wir suchen. Lassen Sie ihn eintreten.

Ein gut aussehender Mann kam herein. Um die 50 Jahre alt.

»Herr Hauptkommissar, mein Name ist Stefan Lemke, bei mir war die Polizei, angeblich wegen meiner Tochter. Sie wird verdächtigt, jemanden nachzustellen, wurde mir erklärt. Das kann sich doch nur um ein Missverständnis handeln.«

»Guten Tag Herr Lemke. Nein ganz und gar nicht. Wir suchen Marianne Lemke, wenn das ihre Tochter ist.«

»Ja so heißt meine Tochter. Um wen handelt es sich?«

»Wissen Sie, wo sich ihre Tochter im Moment aufhält?«

»Nein leider nicht. Ich bin auch ganz deprimiert deshalb. Seitdem sie so viel abgenommen hat und sich operieren ließ, war sie nicht mehr meine Tochter, die ich kannte. Klar hatte sie starkes Übergewicht, aber ich liebte sie so, wie sie war. Sie hatte einen Freund und ich dachte, sie würde ihn einmal heiraten. Sie zog von Berlin weg und seitdem weiß ich kaum etwas über sie. Sie ruft mich nur noch sporadisch an. Das Letzte, was ich von ihr hörte, dass sie ihre große Liebe gefunden hat und sie ihn mir zur gegebenen Zeit vorstellen will.«

Der Hauptkommissar hielt die Luft an. Das scheint ein echtes Problem zu sein, dachte er.

»Herr Lemke, ihre Tochter stellt einen Mann nach, der glücklich verheiratet ist und da ist ihr wohl jedes Mittel recht. Sie ist dabei, eine Familie zu zerstören. Man nennt es Stalken und das ist Strafbar. Darum suchen wir ihre Tochter. Ich möchte noch nicht in Detail gehen, weil die Ermittlungen noch laufen. Nur so viel, es ist eine sehr ernste Sache.«

Der Hauptkommissar sah, wie sein Gegenüber zusammenzuckte.

»Oh mein Gott, das ist ja furchtbar. Manchmal beschäftige ich einen Amerikaner. Ich bin von seiner Arbeit mehr als zufrieden. Seine Ideen sind außergewöhnlich. Seit er das letzte Mal für mich gearbeitet hat, fing diese Veränderung bei meiner Tochter an. Ich hatte, soweit ich es mitbekam, nicht den Eindruck, dass er etwas von meiner Tochter wollte. Er sprach viel von seinem Mädchen, die wohl auch in dem Beruf arbeitet. Warten Sie mal, richtig, sein Name war Dan Harper.«

»Genau um diese Familie geht es. Herr Lemke, wir müssen ihre Tochter finden, bevor sie noch mehr Schaden anrichtet. Wir wollen sie auch vor sich selber schützen. Nicht selten kann daraus ein Mord oder Suizid werden. Haben Sie ihre Handynummer?«

»Nein, leider nicht, sie rief mich immer von dem Festnetz ihrer Freunde an. Sobald sie sich wieder bei mir meldet, werde ich ihr ins Gewissen reden. Jetzt muss ich wieder gehen, ich habe noch einen geschäftlichen Termin in Frankfurt. Herr Hauptkommissar, ich bitte Sie, halten Sie mich auf den Laufenden. Hier ist meine Karte, da bin ich immer erreichbar.« Damit erhob er sich und ging gebeugt zur Tür.

»Ja Herr Lemke, Danke, ich werde Sie informieren.«

Was einem Vater manchmal alles passieren kann, dachte sich Hauptkommissar Klausen.

12

Alfred bekam seinen Schlüssel vom Schließfach am Bahnhof. Na, das klappt ja wunderbar. Die Kleine muss ich mir halten, dachte er bei sich. Mit seinem alten Golf fuhr er zum Bahnhof. Er suchte das Schließfach 25 und schloss es auf. Da lag sein heiß geliebter Umschlag. 20 Riesen, da kann man schon einiges anfangen. Alfred machte den Umschlag gleich auf, weil er das Geld nachzählen wollte. Auf einmal gab es eine Detonation. Alfred schrie auf und fiel um.

Überall spritze das Blut. Passanten schrien auf. Nach kurzer Zeit hörte man die Polizei und Krankenwagen. Alfred hielt sich die linke Hand, drei Finger hingen herab, als ob sie nicht dazugehörten. Einige Passanten kamen hinzu, weil sie sehen wollten, was da los war. Der Notarzt hatte Probleme durchzukommen. Sanitäter schubsen einige Schaulustige zur Seite.

»Lassen Sie bitte den Notarzt durch.«

Auch über Lautsprecher kam nun der Hinweis. Die Polizei kam wenig später und sperrte die Gegend um den Verletzten weiträumig ab. Einige Passanten, die das beobachtet hatten, unterhielten sich.

»Mein Gott habt ihr das gesehen, auch sein Gesicht sieht furchtbar aus und dann das ganze Blut. Das könnte doch nur eine Briefbombe gewesen sein. Der Umschlag lag zerfetzt neben dem Verletzten.«

Ein Polizist notierte sich die Namen und Adressen von den möglichen Zeugen. Als der Notarzt mit dem Verletzten auf dem Weg ins Krankenhaus war, kam die Spurensicherung. Die restlichen Teile von dem Brief wurden sichergestellt.

Peters rief sein Chef Hauptkommissar Klausen an.

»Hi Chef, ich bin gerade am Bahnhof, hier gab es ein Attentat mit einer möglichen Briefbombe. Ein Mann wurde verletzt und ist schon auf dem Weg ins Krankenhaus. Die Spurensicherung ist schon hier und stellt alles sicher.«

»Peters, du hast wirklich ein Talent, immer dort zu sein, wo es brennt. Sind noch mehr Verletzte zu beklagen?«

»Nein, nur jede Menge Schaulustige. Der Wachtmeister Oppenheimer hat sich von einigen die Daten aufgeschrieben. Ich bringe sie mit. Na ja, meine sprichwörtliche Neugier bringt mich wohl zu einigen Fällen.«

»Gut. Ich warte hier auf deinen Bericht.«

Als Peters mit dem Bericht kam, las sich der Hauptkommissar ihn durch. Er rief im Krankenhaus an, ob der Verletzte Mann vernehmungsfähig sei. Wie er sich das schon dachte, war er es nicht. Klar die OP lief noch.

Drei Tage später hatte er den Bericht vom Labor. Man fand Reste von HMTD der Initialsprengstoff Hexamethylentriperoxiddiamin ist ein besonders explosionsgefährlicher Stoff. Wie kommt man an solch einem Stoff heran, sinnierte er. Noch gab es kein Bekennerschreiben. Man wusste noch nicht, ob es eine Tätergruppe war oder ein Einzeltäter. Hauptkommissar Klausen machte sich auf den Weg ins Krankenhaus. Er wurde auf die Station 3a geschickt. Dort sprach er kurz mit einem Arzt. Mittlerweile wusste er, dass der Patient Alfred Böhmer hieß.

»Hr. Doktor, kann ich bitte mit Alfred Böhmer sprechen?«

»Ja dem steht nichts entgegen, aber bitte überbeanspruchen Sie ihn nicht. Er hat schon erhebliche Verletzungen, erwiderte der Arzt.«

»Was hat er für Verletzungen?«

»An der linken Hand hat er drei Finger verloren. Die konnten wir nicht mehr retten. Sein Gesicht hat Brandspuren. Er hört etwas schlecht, das ist sicherlich durch den lauten Explosionsknall verursacht worden. Wenn er Glück hat, geht das wieder weg. Im schlimmsten Fall kann das zum Tinnitus führen. Und er hat seitdem Herzrhythmusstörungen. Wie er sagte, war das vorher nicht bekannt.«

»Ich danke Ihnen Hr. Doktor, ich möchte Ihre Zeit nicht länger beanspruchen. In welchem Zimmer finde ich Herrn Böhmer?«

»In Zimmer 305, ich muss jetzt auch zur Besprechung.«

Alfred Böhmer lag in seinem Krankenhausbett und schaute aus dem Fenster und hing seinen Gedanken nach:

Diese alte Schlampe. Hat mich so ausgeknockt. Das wird sie mir bezahlen. Nein das hat sie nicht umsonst getan. Und ich weiß, wo ich sie suchen muss. Wozu hat man nicht gute Kumpels. Ich konnte nicht mehr sehen, ob in dem Umschlag Geld lag. Vermutlich mal nicht. Es klopfte an der Tür und Alfred drehte sich um.

»Guten Tag Herr Böhmer. Wie geht es Ihnen?«

Ach du scheiße, die sehen wie Bullen aus. Das rieche ich doch zehn Meilen weit gegen den Wind.

»Ich bin Hauptkommissar Klausen und das ist mein Kollege Peters«.

»Wie bitte? Sie müssen lauter sprechen, ich höre seit dem Anschlag nicht so gut.«

Der Hauptkommissar wiederholte seinen Satz.

»Na ja, wie es einem so geht, den man die Luft aushauchen lassen wollte. Kommen Sie wegen der Sache am Bahnhof?«, fragte Alfred.

»Ja genau. An was können Sie sich noch erinnern?«

»Für einen Kumpel sollte ich einen Brief holen und nachschauen, ob da auch Geld drin ist. Wenn nicht, sollte ich den Brief dort liegen lassen. Also ich ging an das Schließfach und öffnete es. Ich nahm den Briefumschlag und wollte in seinen Inhalt schauen. Dann hörte ich den lauten Knall. Es riss mich zu Boden und ich sah überall Blut. Ich hatte sehr starke Schmerzen an meiner linken Hand und im Gesicht. Seitdem habe ich Probleme mit dem Hören. Die Ärzte haben noch Herzrhythmusstörungen festgestellt. Sie haben bei der OP auch einen Herzkatheter gelegt. Ich hatte mein ganzes Leben keine Herzprobleme. Tja und seitdem habe ich jetzt 3 Finger weniger. Das hat man davon, wenn man einem Kumpel hilft.«

»Hat ihr Kumpel auch einen Namen?«

»Ich kenne ihn nur unter den Namen Manni. Ich habe ihn in meiner Stammkneipe kennengelernt. Dort stellen sich alle nur mit dem Vornamen vor. Fragen Sie doch mal in der Kneipe „Kaschemme" nach Manni. Die ist in der Glatusallee. Können Sie nicht verfehlen. Sagen Sie dem Wirt schönen Gruß von mir.«

»Haben Sie sich nichts dabei Gedacht, einen Brief für einen Kumpel zu holen, wo Geld drin sein soll?«

»Nö, warum auch, geht mich ja nichts an. Er hat mir dafür einen ausgegeben. Ein Bier und nen Korn war das. Ich weiß nicht, was der für Geschäfte macht. Wissen Sie Herr Hauptkommissar, in meinen Kreisen hat man schon lange aufgehört, nach dem Warum zu fragen.«

»Nun gut, ich danke Ihnen für das Gespräch. Sollte Ihnen noch etwas einfallen, rufen Sie mich bitte an. Hier ist meine Karte.«

»Ja werde ich tun. Auf Wiedersehen.«

Als der Hauptkommissar weg war, dachte Alfred nach. Dich Flitzpiepe werde ich mein Lebtag nicht anrufen.

Er ging an sein Handy und wählte eine Nummer.

»Hallo Tommy, könntest du für mich einen Auftrag annehmen? Ja genau, das war ich am Bahnhof. Die Alte hat mich schwer verletzt. Kannst du ihr Mal einen Besuch abstatten? Ja ich simse dir die Adresse. Ich habe drei Finger weniger wegen der Schlampe. Ja ich denke, ich komme bald hier raus. Wir sehen uns Kumpel. Ach noch was pass auf, die Bullen werden der Kneipe einen Besuch abstatten. Ja sie waren gerade bei mir.«

»Peters, wenn wir zurück im Präsidium sind, checken Sie doch mal Alfred Böhmer.«

»Klar Chef mach ich. Sehr aussagekräftig war er ja nicht.«

»Nein, das war er wirklich nicht.«

13

So ein Mist fluchte Nora-Marie. Ich komme nicht mehr an Dan heran. Der hat es echt wahr gemacht und hat Bodyguards. Auch an seinen Briefkasten kommt niemand mehr ran. Warum mussten sie es auch so schnell herausfinden, dass ich nicht auf der Uni war? Mal sehen, ob ich über Günter noch was machen kann. Der ist so hohl in der Birne. Der glaubt doch wirklich, dass ich auf ihn stehe. Nee ganz sicher nicht. Ich brauche ihn noch. Dann kann ich ihn abservieren. Papa stellt mir auch ständig fragen. Das kann ich im Moment überhaupt nicht gebrauchen.

Es klingelte an ihrer Tür.

»Wer kann das denn sein, mich kennt hier doch niemand. Na vielleicht die Post.«

Als sie die Tür öffnete, standen zwei Schränke von Kerlen davor. Sie wollte die Tür zuknallen, aber einer stellte seinen Fuß in die Tür.

»Nicht doch, bist du immer so unhöflich, zu deinem Besuch«, fragte der Eine. Er drückte die Tür auf und gingen in die Wohnung.«

»Wer seid ihr und was wollt ihr von mir, machte sie die Beiden an.«

Der eine gab ihr eine Ohrfeige, dass sie zu taumeln begann.

»Haben wir dir erlaubt, den Mund aufzumachen? Nora-Marie wich immer weiter zurück. Sie zitterte am ganzen Körper.

»Wir haben einen gemeinsamen Freund, den du gar nicht nett behandelt hast. Dabei hat Alfred dir geholfen, oder?«

»Er hat es verdient das Schwein.«

Der andere Mann ging auf sie zu und hielt sie fest. Der Erste schlug ihr in die Magengegend mit der Faust und der 2. Schlag traf sie im Gesicht. Sie sackte zusammen und schrie auf. Aber sie wurde noch gehalten.

»So redest du Flittchen nicht von unserem Kumpel, verstanden? So drei Finger fehlen ihm. Er ging wieder zu ihr und brach ihr von der linken Hand drei Finger. Nora-Marie schrie erneut auf und sie wurde fallen gelassen. Sie wimmerte.

»Unser Kumpel bekommt noch die 20 Riesen, die abgemacht waren. Es ist besser du zahlst jetzt.«

Sie lag am Boden und hielt ihre linke Hand. »In meiner Handtasche auf dem Sofa ist die Kreditkarte.«

Sie gingen zu ihr und zogen sie an ihren Haaren hoch und pressten ihre Geheimzahl heraus. Dann gingen sie mit ihrer Kreditkarte. Der Erste drehte sich um und hielt die Kreditkarte hoch: »Sollte damit etwas nicht stimmen, wirst du es sehr bereuen. Wir finden dich, egal wo.« Dann Flog die Tür zu.

Nora-Marie weinte, sie hatte höllische Schmerzen. Alles tat ihr weh. Sie schmeckte Blut in ihrem Gesicht. Sie wickelte ihre linke Hand in ein Handtuch ein und schleppte sich in die Notaufnahme. Man stellte ihr viele Fragen, aber sie konnte es den Ärzten erklären, dass sie die Treppe hinunter gefallen war. Obwohl der eine Arzt ihr wohl nicht glaubte. Sie wollten sie im Krankenhaus behalten, wegen einer eventuellen Gehirnerschütterung, aber das wollte sie nicht.

Als sie wieder Zuhause war und ihre eingegipste Hand sah, griff sie zum Telefon. Dieses Mal war es ihr egal, ob ihr Vater ihre Handynummer erfuhr. Sie stand unter starken Schmerzmittel.

»Papa ich bin es«, und sie weinte.

»Marianne, was ist denn los? Warum weinst du?

»Ich habe Mist gebaut Papa.«

»Ja das habe ich schon gehört.«

»Wie, das hast du schon gehört? Was hast du gehört?«

»Kind, die Polizei war bei mir und sie suchen dich.« Was hast du mit Dan Harper zu tun?« Sie hörte, dass ihr Vater ärgerlich wurde.

»Papa ich liebe ihn, wir sind füreinander bestimmt. Schon seit er bei uns in Berlin war. Darum habe ich so abgenommen und die OPs auf mich genommen. Ich habe es geschafft so auszusehen wie seine Frau nur bin ich jünger und schöner.«

»Kind bist du Wahnsinnig? Du kannst doch seine Familie nicht zerstören. Ich war in Frankfurt bei der Kripo. Von dir habe ich ja nichts mehr erfahren.«

»Du warst hier Papa?«, fragte sie ganz kleinlaut.

»Marianne, du musst dich bei der Polizei stellen und die Sache aufklären. Mach die Sache nicht noch schlimmer, als sie schon ist.«

»Nein niemals. Er gehört mir, er weiß es nur noch nicht.«

»Marianne, du kommst an ihn nicht mehr ran. Such dir einen Mann, der auch für dich etwas empfindet. Die Kripo fahndet schon nach dir. Nimm doch endlich Vernunft an.«

Leise sagte er: »Was habe ich falsch gemacht? Ich habe nach Mutters Tod versucht, dich zur Ehrlichkeit und Selbstständigkeit zu erziehen. Was ist schief gelaufen? Und was war mit der Urkundenfälschung? Du warst nie auf der Uni. Kind ich verstehe dich nicht mehr.«

»Papa, anders wäre ich nicht an Dan herangekommen, das musste ich doch tun.«

»Marianne, lass diesen Mann in Ruhe. Wir können uns ein Anwalt nehmen, der versucht, dass du so wenig Strafe bekommst wie möglich. Nur stell dich der Polizei, bevor sie dich kriegen.«

»Das brauche ich nicht mehr Papa«, und sie unterbrach die Verbindung. Sie wusste jetzt, was sie zu tun hat.

Der Abend neigte sich dem Ende zu. Es wurde dunkel auf Frankfurts Straßen. Der Eiserne Steg war wie immer beleuchtet. Niemand nahm die junge Frau wahr, die mit einer verbundenen Hand auf dem Stahlgerüst herumkletterte. Nicht einer, der Touristen sahen zu ihr hoch. Der Frau war es bestimmt ganz recht, denn sie musste sich konzentrieren, damit sie nicht abrutschte. Als sie oben angelangt war, in Höhe der Schrift quer über die Brücke, schrie eine Frau auf. »Da oben sitzt eine Frau.«

»Junge Frau kommen Sie herunter, sie könnten abstürzen. Das ist doch Wahnsinn«, rief ein Mann. Das Wetter war recht gut, kein Sturm, kein Regen, aber es fing an, kühl zu werden. Ein Passant unten rief die Feuerwehr und die Polizei. Als die Feuerwehr vor Ort war, sprachen sie mit ihr. Die Feuerwehr wollte sie bergen, aber sie warnte sie, wenn sie hochkommen würden, dann würde sie springen. Sie wollte mit Dan Harper sprechen. Polizeikommissaranwärter Peters war zufällig unter den Polizisten.

Hauptkommissar Klausen hatte es nun schwarz auf weiß. Alfred Böhmer ist kein unbeschriebenes Blatt. Auch er kennt die JVA von innen. Von Betrugsfällen, Körperverletzung und Dealereien war alles vertreten. Aber die Sache mit dem Schließfach war nicht so ohne, da wollte ihm jemand richtig wehtun und hat es auch geschafft. Mittlerweile dürfte er aus dem Krankenhaus entlassen sein. Wir sollten ihn eine Weile überwachen. Klausen war noch in seinen Gedanken, als der Rufton von seinem Handy erklang. Eigentlich wollte er schon nach Hause gehen. Auch heute ist es wieder 22 Uhr geworden und er merkte seine Müdigkeit. Seine Frau musste er auch noch besänftigen. Dann meldete er sich am Handy.

»Herr Hauptkommissar kommen Sie doch bitte gleich zum Eisernen Steg und versuchen sie Dan Harper mitzubringen. Eine Frau sitzt oben auf dem Stahlträger und will nur mit Dan Harper sprechen. Ansonsten würde sie sich runter stürzen. Ich weiß nicht, ob es die gesuchte Person ist. Ich frage mich, wie sie da hochgekommen ist? Feuerwehr ist vor Ort, DLRG auch und natürlich die Presse. Die sind natürlich gleich mit den Kameras gekommen.«

»Peters, du schon wieder an vorderster Front? Wie kommt das nur?«

»Na ja Chef, man hat so seine Kontakte.«

»Ausgerechnet auf dem Eisernen Steg. Hat sie sich gut ausgesucht, das ist doch nur eine Fußgängerbrücke. OK, ich versuche, Dan Harper zu erreichen.«

14

Dan saß gerade gemütlich mit Mara und Maria im Wohnzimmer, als sein Handy erklang. Die Kinder waren schon im Bett. Er wunderte sich, wer um diese Uhrzeit noch anruft. Dan ging ran.

»Herr Hauptkommissar, haben Sie immer noch keinen Feierabend? Was sagen Sie da? Ja natürlich komme ich. Das ist ja furchtbar. Bis gleich.

Das war Hauptkommissar Klausen, ich soll gleich zum Eisernen Steg kommen, da hockt eine Frau oben auf dem Stahlträger und will nur mit mir reden. Das kann doch dann nur Marianne Lemke sein. Mara, bitte begleite mich. Ich habe keine Geheimnisse vor dir und möchte nicht, dass du das durch die Presse erfährst, was gesagt wird, wo sowieso alles aufgebauscht wird. Maria würdest du bitte bei den Kindern bleiben?«

»Oh mein Gott Dan, ja natürlich. Fahrt nur.«

Mara sprang auf sie, war zu geschockt, um etwas sagen zu können. Sie zogen sich um und fuhren nach Frankfurt. »Dan, was lässt diese Frau sich noch alles einfallen.«

»Ich weiß nicht, was in ihr vorgeht. Normal kann sie doch in ihrem Oberstübchen nicht sein.«

Auf dem Eisernen Steg hat die Polizei die Passanten von der Brücke geräumt. Hauptkommissar Klausen wartete auf Dan. Oben sah man die Frau sitzen. Auch der Hauptkommissar grübelte, wie sie da hochgekommen ist. Eine Hand schien von ihr verbunden zu sein, oder hatte sie weiße Handschuhe an? Dan und Mara schauten auch nicht schlecht, als sie die Frau da oben sitzen sahen. Mara blieb aber so stehen, dass die Frau sie nicht gleich sehen konnte. Mara wunderte sich, wo die Frau sich festhalten kann. Über ihr war kein Stahlträger mehr. Dan ging zum Hauptkommissar.

»Ja das könnte Marianne Lemke sein. Mein Gott, was macht sie nur?«

Der Hauptkommissar antwortete nicht sofort. Er sprach noch mit den Leuten vom DLRG, sollte sie wirklich springen, könnte das wegen der Strömung sehr gefährlich werden. Die Fahrrinne hat zwar eine Wassertiefe von ca. 4 m aber eben nur die Fahrrinne. Wo sie saß, war keine Fahrrinne mehr. Man wusste also nicht genau, wie tief der Fluss direkt am Pfeiler war. Außerdem gibt es dort

Kältelinsen. Unter der Wasseroberfläche ist mit deutlich kälterem Wasser zu rechnen, was Schockreaktionen auslösen könnte. Sollte sie genau senkrecht springen, könnte es sein, dass sie auf den Brückenpfeiler aufschlug. Die Wasserschutzpolizei wurde alarmiert, dass sie kein Schiff oder Boote durch den Eisernen Steg lässt. Ein Boot der Wasserschutzpolizei hielt sich schon in der Nähe des Eisernen Steges auf, um schnell reagieren zu können.

»Sie will mit uns nicht sprechen, nur mit Ihnen Herr Harper. Versuchen Sie bitte die Frau zu beruhigen.«

»Ja natürlich.«

Dan ging noch einmal zu Mara und flüsterte ihr zu: »Egal was ich jetzt sage, es dient nur dazu, die Verrückte da runter zu bekommen, OK?«

»Ja Dan, ich weiß. Holt sie da runter.«

Dan bekam von der Polizei ein Megafon und ging weiter auf den Eisernen Steg. Er sah, dass die Frau schwankte, da sie sich nicht richtig festhalten konnte. Die Kameras der Presseleute gingen auf Empfang. Auch Dan wurde aufgenommen.

»Hallo Marianne, warum bist du da hoch geklettert?«

»Dan, ich liebe dich, das weißt du nicht? Ich habe für dich abgenommen. Für dich habe ich mich operieren lassen, aber du hast mich nicht beachtet. Dachtest immer, ich wäre noch mit Floh zusammen.

Ich habe mich sogar im Schauspielhaus anstellen lassen, um dir nah zu sein. Du bist mir ausgewichen.«

»Du weißt, ich bin verheiratet Marianne.«

»Ich kann nicht dafür, dass deine Frau nicht mit ihrem Auto gefahren ist, sonst wärst du jetzt für mich frei. Ich konnte nicht damit rechnen, dass ein Typ das Auto fährt.«

Ein Raunen ging durch die Leute, die das mit Karsten wussten. Es war ja in allen Zeitungen. Mara zitterte am ganzen Körper, hielt sich die Hand vor dem Mund. Sie konnte nicht glauben, was sie da hörte. Eine Polizistin war bei ihr. Auch Dan schluckte, ging aber nicht darauf ein.

»Marianne, lass dir runter helfen, dann können wir darüber reden.«

»Nein, ich brauche erst dein Eheversprechen Dan.« Er drehte sich um, und der Hauptkommissar und auch Mara nickten.

»Wie soll ich dich heiraten, wenn du dich in den Main stürzen willst.«

Das fiel Dan enorm schwer, dass zu sagen. Mittlerweile gab es einige Leute, die zu ihr riefen.

»Spring doch endlich.«

Hauptkommissar Klausen schickte Polizisten zu den Leuten.

»Ich habe dir auf der Fressgass gesagt, dass ich dich kriege. Deine Brut brauche ich nicht. Die kannst du mit deiner Frau in die Wüste schicken.«

»Lass dir doch erst einmal helfen, da wieder runter zu kommen.«

»Alfred hätte es richtig machen sollen, dann wärst du jetzt frei für mich. Aber dem habe ich es heimgezahlt. Der verarscht mich nicht mehr. Dafür habe ich gesorgt.«

Der Hauptkommissar konnte nicht glauben, was er da hörte. Er sah die Presseleute alles mitschreiben und aufzeichnen. Weiter hinten liefen auch die Kameras mit.

»Hilf mir runter Dan. Dann lass uns nach Hause gehen.«

»Marianne, das kann ich nicht, das schafft nur die Feuerwehr. Sie würden zu dir hochkommen und dich vorsichtig hinunterlassen. Ich bin dafür nicht ausgebildet. Wie bist du da hochgekommen.«

»Na ganz normal hochgelaufen. Ist doch breit genug. Du willst mich immer noch nicht. Sonst würdest du mir helfen.«

Man sah, wie Marianne mit den Armen fuchtelte, noch einmal »Papa« rief und in die Tiefe stürzte. Dabei schlug sie auf die Stange, die die Fahrrinne markiert, danach stürzte sie in Wasser. Die Passanten schrien auf und Auch Mara. Dan gab das Megafon dem Polizisten. Er schaute den Hauptkommissar an und der sagte zu Dan. »Das haben Sie sehr gut gemacht, mehr war auch nicht möglich.« Dan nickte nur und ging zu Mara, nahm sie in die Arme. Mara weinte bitterlich. Dan sagte nur:

»Was eine verrückte Person. Deshalb mussten Karsten und die anderen Beiden sterben und auch ihn liefen die Tränen über das Gesicht.«

»Dan wird man sie finden?«

»Ich weiß es nicht, der DLRG war darauf gefasst, aber die Strömung ist an den Brücken recht stark. Wir müssen abwarten.«

»Dan, ich weiß, was für Kraft es dich gekostet hat, das zu ihr zu sagen.«

Er nickte seiner Frau zu und hielt sie ganz fest.

Die Presseleute versuchten, an Dan heranzukommen. Die Polizei schotteten ihn und Mara ab. So blieb ihnen nur noch übrig zu warten, ob die Taucher die Frau fanden. Sie sahen, dass die Uferböschung mit einer Plane umspannt wurde, damit niemand die Verletzte oder Tote sehen konnte, wenn sie geborgen wurde.

In der Zwischenzeit versuchten Taucher von der Feuerwehr, und dem DLRG die Frau zu bergen. Auf einmal hörte man den einen Taucher sagen: »Ich hab sie.« Die Passanten klatschten in die Hände. Noch wusste man noch nicht, ob sie noch lebte. Das Boot vom DLRG fuhr langsam zu dem Taucher und halfen ihm, die Frau zu bergen. Sie hatte schon ganz blaue Lippen und musste wiederbelebt werden.

Der Hauptkommissar kam zu Dan und Mara. »Wir haben sie, ob sie das überlebt, müssen die Ärzte feststellen. Sie kommt sicher zuerst in die Uniklinik und danach auf jeden Fall in die forensische Psychiatrie. Dort wird man sie behandeln und begutachten. Das ist eine Stelle die sich mit psychisch kranken Straftätern befasst.

Ich weiß, das war für Sie beide nicht einfach. Herr Harper, Sie haben hervorragend reagiert. Ich hoffe, Sie beide können das Ganze gut verkraften. Wenn Sie Hilfe brauchen, sagen Sie es mir bitte.« Damit verabschiedete er sich. Mara und Dan fuhren nach Hause. Mittlerweile war es schon weit nach Mitternacht.

Im Auto sagte Mara zu ihm:

»Was muss in ihr vorgehen, so weit zu gehen. Ich fühle mich nicht mehr sicher, egal ob sie das nun überlebt, oder nicht. Wer ist dieser Alfred?«

»Ich weiß es nicht Mara. Ich habe nur gelesen, dass er durch eine Explosion im Bahnhof bei den Schließfächern drei Finger verloren hat.

Ich habe mich nie mit Marianne abgegeben. Natürlich dachte ich damals, sie wird ihren Freund heiraten. Es schien auch gut zu gehen, mit den Beiden. Er hat sie so akzeptiert, wie sie war. Ich kann auch nicht verstehen, dass ein Mensch so weit gehen kann. Über Leichen zu gehen und auch vor einem Mord nicht zurückzuschrecken. So etwas ist nicht normal. Sollte sie überleben, kommt ein langes Strafregister auf sie zu.

Alleine die Rettung mit Ordnungsstrafe kostet sie ein paar Tausender.

»Oh wie furchtbar, Dan. Noch jemand wurde so schwer verletzt.«

Als sie nach Hause kamen, saß Nele bei Maria und ihr Gesicht war Tränennass.

»Wir haben es eben im Fernsehen gesehen. Sie waren wohl sehr schnell mit der Übertragung. Die Bilder waren ein bisschen ungenau. Ich habe mich gewundert, wo überall die Presse war. Diese Bitch ist dran schuld, dass Karsten sterben musste? Sie hat es ja selber zugegeben. Ich hoffe, sie bekommt ihre Strafe.«

»Ich glaube, die hat sie schon bekommen«, antwortete Dan.

»Mich hat sie nicht bekommen. Und sie wird wohl nicht mehr aus dem Gefängnis raus kommen. Ich hoffe, der Richter ordnet Sicherheitsverwahrung an. Sie hat viel Leid über drei Familien gebracht. Daran darf ich gar nicht denken, dass ich Mara und die Kinder verlieren sollte.«

Maria meinte: »Wie muss ein Mensch doch verzweifelt sein, um so etwas zu tun und das auch umzusetzen. Ich bin ehrlich schockiert.«

Mara ging zu ihrer Mutter und drückte sie.

»Mama, wir verstehen es auch nicht. Vor allem, was sie alles unternommen hat. Es hat ihr nichts gebracht.«

Dan hing seinen Gedanken nach und beobachte Bella, die ganz nervös wurde und knurrte. Sie lief zum Terrassenfenster und schaute Dan an. Dann erst realisierte er, dass Bella ihm etwas sagen wollte. Nun hörte er auch etwas und er lief zu Bella hin und sah aus dem Fenster. Schnell nahm er Bella auf den Arm und drückte sie Mara in die Hand und rief ihr zu:

»Ruf die Polizei, aber schnell.« Und schon hechtete sich Dan über die Terrasse. Er sah, dass sein Vito in Flammen stand und ein Mann wegrennen wollte.

Dan rief ihm zu: »Bleib stehen du Lump.«

Er lief dem Mann hinterher, alles roch nach Benzin. In dem angrenzenden Park konnte er den Mann überwältigen. Er schien geschwächt zu sein. Dan warf sich auf ihn und riss seine Arme auf den Rücken. Da sah Dan, dass ihm an der einen Hand drei Finger fehlten. Dan setzte sich auf den Mann hintendrauf und wartete, bis die Polizei kam.

»Du Vollidiot, warum hast du mein Auto angezündet?« Er bekam keine Antwort. Aus der Ferne hörte er die Feuerwehr und Polizei kommen.

Auf Mara ist doch Verlass, hat gleich die Feuerwehr mit angerufen, dachte Dan.

Er hatte Mühe den Mann ruhig zu halten. Um nichts in der Welt wollte er ihn abhauen lassen. Dann sah er schon die Beamten auf sich zukommen.

Der Mann hatte keine Handschuhe an, also wird man seine Fingerabdrücke finden.

»Herr Harper, Sie können ihn jetzt loslassen, wir übernehmen ihn«, und schon klickten die Handschellen. Der eine Polizist sah Dan etwas genauer an.

»Sagen Sie, waren Sie nicht vor kurzen auf dem Eisernen Steg?«

»Ja sagte Dan müde. Wir sind noch nicht all zulange hier. Wir haben gerade meiner Schwiegermutter und einer Freundin erzählt, was da ablief, als unser Hund ein Geräusch hörte und anschlug. Ich sah aus dem Fenster und sah den Mann an meinem Auto. Da sagte ich schnell zu meiner Frau, sie soll die Polizei anrufen und ich bin über die Terrasse ihm hinterher gelaufen.«

Dan grinste: »Ich glaube jetzt muss ich bei meiner Frau Abbitte leisten, ich habe ein paar Blumen zertreten.«

Die Feuerwehr hat das Auto gelöscht und die Polizei ließ es zur technischen Überprüfung abschleppen.

Als Dan noch immer außer Atem wieder ins Haus kam, umarmte Mara ihn.

»Schatz was war dass denn schon wieder? Hört das denn nie auf?« Auch sie zitterte am ganzen Körper.

»Ich weiß Mara, so langsam fühle ich mich in Deutschland nicht mehr sicher. Ob wir uns vielleicht irgendwo eine Bleibe suchen sollten, wo es ein bisschen ruhiger ist?«

Dan ging zu Bella und drückte sie an sich. Er ging mit ihr in die Küche und holte aus dem Kühlschrank eine Wiener Wurst, eine Hälfte hielt er unterlaufenden warmen Wasser.

»Hier mein Baby, die Hast du dir verdient.«

Schnell rannte Bella in ihr Körbchen und verspeiste genüsslich ihre Wurst. Dann lief sie wieder zu Dan.

Mara nahm Bella hoch und herzte sie.

»Unsere kleine Heldin.«

Nele lobte Dan, dass er so schnell reagiert hatte.

»Ich muss sagen, du bist noch ganz schön sportlich.« Dan musste lächeln.

»Nicht ich habe das zuerst gehört, sondern Bella. Ihr habt das durch die Unterhaltung nicht so mitbekommen. Bella wurde ganz nervös und knurrte. Sie sah mich ständig an und schaute zum Fenster. Da sah ich den Vito brennen und einen Kerl davon laufen. Wir haben hier eine kleine Heldin. Dan küsste Bella auf dem Kopf.

Zaghaft fragte Nele:

»Mein Auto ist noch in Ordnung?«

Dan schmunzelte, »Ja meine Liebe, der konnte nur unser Auto nicht leiden.«

»So ihr Lieben, ich muss nach Hause, meine Mutter wartet bestimmt schon. Sie ist bei den Kindern geblieben«, sagte Nele.

Dan, Mara und Maria unterhielten sich noch eine Weile, dann fielen sie ins Bett. Der Tag war sehr anstrengend gewesen. Beim Frühstück am nächsten Tag machten sie den Fernseher an und der Bericht am Eisernen Steg wurde gesendet. Man fragte sich, wer dieser Dan Harper war? In allen Zeitungen wurde darüber berichtet. Vor dem Haus warteten einige Presseleute. Jeder wollte den Mann sehen, weshalb eine Frau so etwas tut. Selbst das Schauspielhaus wurde umlagert, weil man herausgefunden hatte, dass Dan und Mara dort arbeiteten. Dan nahm sich ein paar Wochen frei, um den ganzen Tumult zu entgehen. Als Mara von der Presse aufgelauert wurde, bat sie um kurzfristigen unbezahlten Urlaub. Ein normales Leben schien nicht mehr möglich zu sein. Dan gab keinerlei Interview, egal wie hoch die Summe war, die sie ihm boten.

15

Marianne Lemke kam in die Uniklinik. Es wurden erhebliche Verletzungen festgestellt. Nach der Notoperation wurde sie in einem künstlichen Koma versetzt. Sie brach sich mehrere Knochen. Das Becken gleich zwei Mal. Mehrere Operationen folgten. Die größte Sorge der Ärzte war die Verletzung der Halswirbelsäule. Ihr Kopf war in einem Halofixateur eingespannt, um die Halswirbelsäule zu entlasten.

Hauptkommissar Klausen benachrichtigte ihren Vater, der sofort nach Frankfurt flog und am Krankenbett seiner Tochter saß. Zwischenzeitlich hatte auch er die Nachrichten im Fernsehen gesehen. Auch in den Zeitungen konnte er alles nachlesen. Stefan Lemke war geschockt, was aus seinem Mädchen geworden ist. Er machte auch einen Termin bei Hauptkommissar Klausen.

»Herr Lemke, ich grüße Sie. Wie geht es ihrer Tochter?«

»Nicht so gut, Herr Hauptkommissar. Die größten Probleme macht ihre Halswirbelsäule. Die Ärzte können noch nicht sagen, ob sie ab dem Hals gelähmt bleiben wird. Wissen Sie, man fragt sich als Vater, was man falsch gemacht hat. Marianne hat sehr früh ihre Mutter durch Krebs verloren. Sie war erst 3 Jahre alt. Ich habe versucht, alles richtig zu machen, aber wie sie sehen, ist es mir nicht gelungen«, sagte er traurig.

»Sagen Sie mir doch bitte, wie ist sie auf den eisernen Steg rauf gekommen?«

»Als ihre Tochter mit Dan Harper sprach, wollte sie, dass er sie dort herunterholt. Das ging natürlich nicht, das konnte nur die Feuerwehr. Auch das wäre eine schwierige Aktion gewesen.«

»Ich verstehe, ich war auf dem Eisernen Steg und habe mir das angeschaut. Das ist so unglaublich, wie sie das geschafft hatte.«

Auf ihre Tochter werden einige Straftaten zukommen, Herr Lemke.«

»Ja ich weiß, ich werde mich zur gegebenen Zeit um einen Anwalt bemühen. Ich danke Ihnen, dass sie mich benachrichtigt haben.

Meine Tochter rief mich noch einen Tag zuvor an und erzählte mir, dass sie Mist gebaut hat. Ich appellierte an ihr Gewissen, den Mann in Ruhe zu lassen und sich der Polizei zu stellen. Leider hat sie das nicht getan.«

In der Zwischenzeit wurde Alfred Böhmer vernommen.

»Herr Böhmer, können Sie mir etwas zur Tatzeit sagen? Warum haben sie das Auto von der Familie Harper angezündet?«

»Das sollte noch gar nicht in Flammen aufgehen. Ich habe etwas falsch gemacht. Wissen Sie, wenn ich einen Auftrag erhalte, führe ich ihn meistens auch gut und sauber aus. Aber seitdem die Schlampe mir die Briefbombe schickte, geht das nicht mehr alles so leicht.«

»Dann frage ich mich aber, was wollten sie mit dem Benzinkanister?«

»Den hatte ich nur für den Notfall mit.«

»Und der Notfall ist wohl eingetreten, oder wie habe ich das zu verstehen? Das Feuer hätte sich auch auf das Wohnhaus der Familie ausbreiten können.«

»Ich sagte Ihnen doch, das war alles anders geplant.«

»Wer war ihr Auftraggeber?«

Jetzt ist sowieso alles egal, dachte sich Alfred.

»Na die Tussy auf der Brücke. Sie kam eines Tages in die Kaschemme. Sah sexy und nobel aus. Ich wunderte mich schon, dass so eine Frau in meine Stammkneipe kam. Ich weiß nicht, von wem sie die Empfehlung bekam, ich sei der Beste. Sie wollte das der A4 frisiert wurde. Das tat ich dann. Ich habe dann herausgefunden, dass sie nicht Eva hieß, wie sie mir weismachen wollte, sondern Marianne Lemke. Namen sind mir auch egal. Nur lasse ich mich nicht gerne verarschen.«

»Wie kamen aber die Fingerabdrücke von Frau Lemke auf die Bremsleitung?«

»Aber Herr Hauptkommissar, sie müssten doch wissen, wie das machbar ist, oder? Sie fasste das Glas an, als sie bei mir in der Kneipe war. Alles andere war dann nur noch ein Kinderspiel.«

»Sie wissen aber, dass dabei drei Menschen zu Tode gekommen sind?«

»Sentimentalitäten kann ich mir nicht leisten. Als sie mir die abgemachte Summe nicht zahlen wollte, haben sie ein paar Kumpels besucht und brachten mir mein Geld. Also musste ich das noch richtigstellen mit dem Auto und da ging was schief. Wenn Ihnen auf einmal drei Finger fehlen, können sie auch nichts mehr präzise erledigen.«

»Das ist versuchter Totschlag, das ist Ihnen hoffentlich klar? Außerdem sind Sie noch in Ihrer Bewährungszeit. Sieht nicht so gut für Sie aus.«

»Ich habe Niemand das Leben ausgehaucht.«

»Doch dem Fahrer von dem A4 damals und die zwei Insassen von dem anderen Auto. Ich denke, sie werden für längere Zeit unsere JVA bei freier Kost und Logis beiwohnen.«

Damit wurde Alfred Böhmer abgeführt.

Marianne Lemke wurde aus dem künstlichen Koma geholt. Es dauerte noch knapp zwei Wochen, bis sie ihre Augen aufschlug. Ihr Vater saß neben ihr.

»Hallo mein Mädchen, schön dich wieder wach zu sehen.«

Sie weinte: »Warum habt ihr mich nicht sterben lassen?«

Dann merkte sie, dass sie total bewegungsunfähig war.

»Was ist das«, fragte sie, als sie den Halofixateur bemerkte.«

»Du hast dir die Halswirbelsäule gebrochen und damit hofft man, dass es zu keiner Lähmung kommt. Dieses Teil musst du 12 Wochen tragen. Es ist an deinem Kopf geschraubt.«

»Ich kann meine Beine nicht bewegen.«

»Auch sie sind gebrochen. Man musste dich Notoperieren. Kind, was hast du dir nur dabei gedacht?«

»Papa, glaubst du, Dan kommt mich besuchen?«

»Hast du immer noch nicht genug?« Ihr Vater war sehr aufgebracht.

»Du musst akzeptieren, dass er verheiratet ist und seine Familie liebt, nicht dich.«

»Das werden wir noch sehen.«

»Meinst du nicht, dass du dich erst einmal um dich kümmern solltest?«

»Wenn ich hier liege, muss Dan auch in der Klink liegen, er hat mich doch gerettet und ist mir nachgesprungen.«

»Nein Dan ist nicht hier und er ist dir auch nicht nachgesprungen. Er ist doch gar nicht dafür ausgebildet, auf einer Brücke jemanden zu retten.«

Feindselig schaute sie ihren Vater an:

»Du gönnst ihn mir nur nicht, aber er gehört mir, du wirst sehen. Da nützt dein ganzes Geld nichts. Dan hat genug für uns zusammen.«

Stefan Lemke ging aus dem Zimmer. Er hielt es bei seiner Tochter nicht mehr aus. Der Stationsarzt sah ihn. »Herr Lemke kann ich Ihnen helfen, sie sehen sehr blass aus?«

»Herr Doktor, meine Tochter macht mich fertig. Sie redet so wirres Zeug. Sie glaubt der Mann, hinter dem sie her ist, hätte sie gerettet und würde auch in der Klinik hier liegen. Das stimmt alles nicht. Sie verrennt sich in Sachen, ich komme da nicht mehr mit.«

»Herr Lemke, Ihre Tochter hat ein großes psychisches Problem. Deshalb wird die auch bald in die forensische Psychiatrie verlegt. Ich glaube, dort kann man ihr besser helfen.

Wir müssen nur noch sehen, wenn die 12 Wochen um sind, und der Halofixateur entfernt wird, wie es dann aussieht. So lange darf sie hier bleiben.«

»Wenn man ihr dort helfen kann, ist es gut. So kann es doch nicht bleiben. Ich hätte nie gedacht, dass sich Menschen so verrennen können.«

»War Ihre Tochter mit dem Mann liiert?«

»Nein, das ist es ja. Dan Harper hat vor vielen Jahren für mich gearbeitet. Ich war dabei, er hat meine Tochter wie jede andere Person freundlich begrüßt. Mehr nicht, sie sind noch nicht einmal einen Kaffee trinken gegangen. Schon damals war er mit seiner jetzigen Frau zusammen. Meine Tochter war damals sehr übergewichtig. Dan Harper war auch nur 7 Tage bei mir. Da fing sie an abzunehmen, ließ sich ein paar Mal operieren und machte mit ihrem Freund Schluss. Damit fing das ganze Drama an. Der Mann hat ihr niemals Hoffnungen gemacht.«

Zusammengesunken saß Herr Lemke auf dem Stuhl.

»Ich denke auch, man muss Ihrer Tochter schnell helfen.« Damit verabschiedete sich der Stationsarzt.

Nach mehreren Wochen kam Marianne Lemke nach einer richterlichen Anordnung in eine geschlossene forensische Psychiatrie. Dort wurde bei ihr eine Paranoid-narzisstische Persönlichkeitsstörung festgestellt, sowie ein ausgeprägter Eifersuchtswahn. Alle neutralen und freundlichen Handlungen anderer Leute wurden von ihr als feindlich und herabsetzend empfunden.

Die Ärzte in der Uniklinik konnten ihr nicht helfen, sie war vom Hals abwärts gelähmt. Zu schwer waren die Verletzungen, die sie von dem Sturz davongetragen hat. Ihr Vater empfand es als herben Schicksalsschlag. Wann immer er sie besuchte, wurde er von ihr feindselig beschimpft. Für Stefan Lemke brach eine Welt zusammen.

16

Dans Handy vibrierte, und er meldete sich.

»Hallo Herr Harper, Sie haben mich wegen meiner Tochter bestimmt nicht in guter Erinnerung. Obwohl wir geschäftlich sehr gut miteinander auskamen. Mein Name ich Stefan Lemke darf ich Sie um ein Gespräch bitten?«

»Hallo Herr Lemke, ja ihre Tochter hat sehr viel Leid über meine Familie gebracht. Wir können uns treffen, sagen wir Morgen Nachmittag gegen 14 Uhr?«

»Herr Harper, ich danke Ihnen, ich wohne zurzeit im Hotel Astoria, würde es Ihnen etwas ausmachen, wenn wir uns in der Lobby treffen könnten?«

»Ja ich kann dorthin kommen. Bis Morgen.« Damit beendete Dan das Telefonat.

»Mara, ich habe morgen einen Termin mit Mariannes Vater, möchtest du gerne mitkommen?«

»Was will der denn von uns?«

»Ich weiß es nicht, vielleicht leidet er auch unter seiner Tochter. Anhören, was er möchte, kann ja nicht schaden.«

»Dan, ich möchte lieber nicht mit. Mich belastet die ganze Sache zu sehr. Jetzt wieder das Neue mit dem Auto. Wie wollen wir bloß ein normales Leben führen?«

»Das ist kein Problem, ich werde nicht lange dort bleiben. Übrigens in ca 3 Wochen kommt der neue Vito. Bis dahin ist auch alles mit der Versicherung geregelt.«

»Ja ist gut Dan. Kommt er in der Farbe, die wir uns ausgesucht haben?«

»Wie ich hörte, ja, alles wie abgesprochen.«

Dan fuhr zum Hotel Astoria. In der Lobby kam ihm schon Stefan Lemke entgegen. Er sah um Jahre gealtert aus. So hatte Dan ihn nicht in Erinnerung.

»Herr Harper, ich danke Ihnen, dass Sie gekommen sind. Vor allem, dass Sie bereit sind, mit mir zu reden. Kommen Sie, setzen wir uns in die Nische, da können wir ungestört reden.«

»Keine Ursache. Was kann ich für Sie tun?«

»Glauben Sie mir, das fällt mir auch sehr schwer, aber ich brauche das Gespräch mit Ihnen. Ich kenne Sie als ausgezeichneten Künstler. Ich weiß, dass sie meiner Tochter nie Hoffnung gemacht haben.«

»Stimmt, ich habe Ihrer Tochter niemals Avancen gemacht. Ich war zu der Zeit schon glücklich verheiratet. Ich weiß nicht, was sich ihre Tochter dabei gedacht hat. Sie hat somit meinen Freund und zwei weitere Verkehrsteilnehmer umbringen lassen, weil die Bremsen manipuliert wurden. Nur sollten meine Frau und meine Kinder sterben.«

»Herr Harper, glauben Sie mir, ich habe das alles erst vor Kurzem erfahren. Wenn ich Ihnen nur sagen könnte, wie leid es mir tut. Meine Frau starb, als Marianne drei Jahre alt war. Ich habe versucht, alles richtig zu machen und wie ich jetzt erkennen muss, ist es mir nicht gelungen. Ich weiß jetzt, dass sie schwere Schuld auf sich geladen hat. Vermutlich wird sie nie mehr auf freien Fuß kommen. Eins kann ich Ihnen aber versichern, sie wird keine Gelegenheit mehr haben, sich Ihnen ein weiteres Mal zu nähern. Sie ist durch den Sturz vom Hals abwärts gelähmt.« Stefan Lemke traten Tränen in den Augen.

»Das tut mir sehr leid, Herr Lemke. Mir sagte damals die Polizei, dass man Glück haben muss, da lebend raus zu kommen. Weil der Main dort sehr flach ist. Nur in der Fahrrinne sind es 4m.« Dan fühlte wirklich

Mitleid, obwohl Marianne kein Mitleid verdient hat.

»Ich weiß auch noch nicht, wie ich damit fertig werden soll. Die Verhandlung kommt noch auf sie zu. Im Moment ist sie in die geschlossene Abteilung der forensischen Psychiatrie. Sie glaubt immer noch, sie kommen zu ihr. Jeder, der ihr etwas anderes sagt, dem ist sie sehr feindlich gegenüber. So ist sie auch zu mir. Die Diagnose hat auch einen Namen:

Paranoid-narzisstische Persönlichkeitsstörung sowie ein ausgeprägter Eifersuchtswahn. Alle neutralen und freundlichen Handlungen anderer Leute werden von ihr als feindlich und herabsetzend empfunden. Ich hoffe inständig, dass die Ärzte sie wieder als normalen Menschen umpolen können. Denn so ist das nicht mehr meine Tochter.«

»Herr Lemke, ich danke Ihnen für ihr Vertrauen. Ich weiß, Sie haben noch einen harten Weg vor sich. Ich wünsche Ihrer Tochter auch alles Gute. Ich muss mich leider verabschieden, da ich noch einen Geschäftstermin habe.«

»Vielen Dank Herr Harper, dass Sie mich angehört haben. Richten Sie bitte Ihrer Frau meine besten Grüße aus.«

Als Dan nach Hause kam, war Mara schon ganz aufgeregt, was er zu erzählen hat. Dan erzählte ihr alles. Mara wurde traurig.
»Das ist wirklich schlimm, was ihr passiert ist, ich glaube das Schicksal hat sie sehr hart bestraft, wie damals Eric Hudson. Das kann ich sagen, obwohl sie uns so Schlimmes angetan hat.«

»Das kannst du sagen, weil du ein guter Mensch bist, mein Schatz.« Dan nahm sie in die Arme.

»Sage mal Mara, hättest du vielleicht Lust in die USA auszuwandern. Bevor du antwortest, höre mich bitte an. Ich dachte mir, dass wir uns ein sehr großes Gelände kaufen und dort einige Häuser draufstellen. Wir würden ein Familien-Freunde-Rat einberufen und fragen, ob sie mit uns kommen würden. Ich dachte an Ilona mit Familie. Sven könnte bestimmt in der Klinik von meinem Vater unterkommen. Aber das ist alles noch Vage. Zuerst müssen wir sie fragen, ob sie das auch möchten. Ich dachte weiter an Nele und ihre Kinder. Auf dem Gelände werden wir eine Werkstatt bauen lassen. Sprachprobleme dürfte es nicht geben. Unsere Kinder wachsen zweisprachig auf und Ilonas Kinder auch. Außerdem lernen Kinder sehr schnell eine neue Sprache. Was sagst du dazu? Es geht auch nicht von Heute auf Morgen, weil die Papiere erst eingereicht werden müssen. Da du meine Frau bist, hast du keine Probleme die Greencard zu bekommen. Ich dachte, du könntest dich dann deiner Malerei widmen, wenn es dir recht ist. Beruflich gibt es für uns mehrere Möglichkeiten.«

»Wow, du hast dir wohl schon länger Gedanken darüber gemacht, oder?«, sie lächelte Dan an.

»Weißt du, ich bin es einfach leid, ständig vor so einer Verrückten auf der Hut zu sein. Der Vater von Marianne erzählte mir, dass sie immer noch glaubt, ich würde sie heiraten. Selbst wenn sie für lange Zeit verurteilt wird, wer sagt uns, dass sie wirklich in Sicherheitsverwahrung bleibt. OK, sie kann mich nicht mehr auflauern, weil sie komplett gelähmt ist, aber sie hat für den A4 auch jemanden gefunden. Man kann es oft in den Zeitungen lesen, dass sie Kinderschänder wieder raus lassen und sie machen gleich weiter. Ich bedenke natürlich auch, was dir in den USA passiert ist. Aber da werde ich Sicherheitsvorkehrungen treffen. Auch möchte ich nicht, dass unser Häuserkomplex, sollte, es dazu kommen, so prunkvoll gestalten wird, wie bei meinen Eltern.«

»Ja Dan, ich könnte mir das vorstellen. Soll ich Mama rufen, was sie davon hält?«

»Ja mach das nur. Sie muss sowieso nicht immer in ihrer Wohnung bleiben. Das sollten wir ihr sagen. Sie kann auch gerne öfters zu uns kommen.«

Mara gab Dan einen Kuss. Ich liebe dich Dan, weil du immer an uns alle denkst. Maria wollte sich das überlegen, aber ihre Tendenz wäre eher ja, weil sie gerne in der Nähe ihrer Töchter bleiben möchte. Sie hat nur ein bisschen Angst, die Sprache nicht ganz zu verstehen. Dan erklärte ihr, dass sie sämtliche Hilfe bekommt, die möglich ist. Und sie lernt bestimmt auch mit den Kindern. Außerdem wäre sie im Alter nicht alleine.

»Das ist schon in Ordnung, dass ich meine Wohnung hier habe. Ihr jungen Leute braucht auch euren Freiraum.«

Dan erklärte ihr, dass es in den USA keine Meldepflicht gibt, also können Verrückte Leute sie auch nicht so leicht finden und Harper ist kein seltener Name. Dabei grinste er. Maria meinte:

»Ich kann euch gut verstehen, dass ihr einen Ort sucht, wo das Leben etwas ruhiger ist. Die letzen Jahre waren genug mit Aufregungen versetzt.«

Dan telefonierte mit seinen Eltern.

»Dan ich bin entsetzt, über das Ganze. Ihr habt doch schon so viel mitgemacht. Die Arme Mara und die Kinder.«

»Ja Mom, das ist es. Meine Idee wäre jetzt mit allen in die Staaten zu ziehen. Kannst du das bitte Dad sagen. Vielleicht kann er uns helfen. Mir schwebt ein großes Gelände vor, wo mindestens 6 Häuser Platz finden. Wir werden Ilona mit Sven, Nele mit ihrer Mutter und Kinder und Maria fragen.«

»Ja das mache ich, es ist noch nicht spruchreif, aber unser Nachbar John will zu seinen Kindern ziehen und bot uns sein Gelände zum Kauf an. Beide Propertys würden für alle reichen. Vielleicht machen wir das mit. Ich finde deine Idee wundervoll. Du weißt ja, Papa braucht immer einen schnellen Weg in die Klinik. Ich will dir aber nicht zu viel versprechen. Ich rede heute Abend mit ihm.«

»Das wäre ja Ideal Mom. Halt mich bitte auf den Laufenden.«

Dan erzählte es Mara.

»Das wäre wirklich nicht schlecht. So bräuchte nicht ein neues Gebiet erschlossen werden. Werden deine Eltern die Häuser behalten?«

«Das weiß ich nicht, ich muss mit Dad sprechen.«

»Sag mal das Grundstück von John, ist das nicht noch größer als eures?«

»Hmm, die Grundstücke könnten gleich sein. Er hat den Park vor dem Haus. Ich finde das nicht schlecht, so ist man vor Neugierigen Blichen etwas geschützt – und könnte verbotene Dinge machen«, meinte Dan.

»Kannst du nicht mal an was anderes Denken?« Mara musste lachen.

»Wenn ich dich sehe, nicht«, gab er offen zu.

Mara boxte ihm in die Rippen.

»Dan«, fragte Mara, wann wolltest du den Rat einberufen?«

»Lass uns daraus ein BBQ machen.«

»Au ja, das wäre gut.«

17

Hauptkommissar Klausen, rief in der forensischen Psychiatrie an, ob Marianne Lemke Vernehmungsfähig sei. Dr. Roman hatte prinzipiell nichts dagegen, es sollte nur nicht zu lange sein. Sie ermüdet noch sehr schnell. Sie vereinbarten einen Termin.

Der Hauptkommissar sagte seinen Kollegen Peters Bescheid. Sie fuhren zum vereinbarten Termin in die Klinik. Nachdem er sich bei Dr. Roman vorgestellt hatte, nannte man ihm die Zimmernummer.

»Guten Tag Frau Lemke. Ich bin Hauptkommissar Klausen und das ist mein Kollege Peters. Wie geht es Ihnen heute?«

Marianne schaute die beiden grimmig an. Sie saß in einem Spezialrollstuhl. Den Halofixateur hatte man entfernt und auf der Stirn sah man noch die kleinen Narben, wo er befestigt war. Diese kleinen Narben wird man in ein paar Jahren kaum noch sehen. Ihre Nase war noch etwas schief, vermutlich von der Faust von den beiden Männern, die sie zusammengeschlagen hatten. Damals wurde ihre Nase gebrochen.

»Wie soll es mir schon gehen? Sie können laufen, ich nicht.«

»Na ja, ich bin auch nicht von der Brücke gesprungen. Aber Spaß beiseite. Sie wissen sicherlich, dass man sie anklagt, den Tod von Karsten Hoffmann und zwei weitere Verkehrsteilnehmer billigend in Kauf genommen zu haben.

»Was wollen Sie von mir, Dan holt mich gleich ab und dann gehen wir nach Hause.«

»Hat Dan sie denn schon besucht? Hat er Ihnen gesagt, wann er sie abholt?«

»Das brauchen wir nicht, wir sind Seelenverwandte, da muss man nicht jedes Wort aussprechen.«

»Frau Lemke, durch wen haben sie den Tipp bekommen, zu Alfred zu gehen?«

»Das geht sie nichts an«, erwiderte sie.

»Wo haben Sie Dan getroffen?« Da begannen, ihre Augen zu glänzen.

»Bei meinem Vater in Berlin. Er kam zur Tür herein und da wusste ich, dass er zu mir kam und wir zusammengehören.«

»Was dachten Sie, als Sie erfuhren, dass Dan verheiratet ist?«

Ihr Gesicht verzog sich zu einer Grimasse.

»Dass ich seinen Fehler korrigieren musste. Die Frau passte nicht zu Dan, genauso wenig wie ihre Brut. Darum ging ich zu Alfred. Aber dieser Idiot hatte seinen Job nicht gut gemacht. Denn nicht seine Frau saß in dem A4, sondern ein Mann. Und Dan war es nicht.«

»Haben Sie an dem A4 auch etwas gemacht?«

»Nein, wie sollte ich, da kenne ich mich doch nicht aus. Sonst hätte ich nicht diesen Möchtegerne genommen. Ich bezahle doch nicht so viel Geld, wenn ich es hätte selber machen können.«

»Waren Sie da nicht sehr erbost, dass nicht die Frau von Dan im Wagen saß?«

»Natürlich, ich war sehr wütend. Es war vereinbart, dass er die 2. Hälfte des Geldes erst nach der Arbeit bekommt. Ich sagte ihm, dass er das Geld vergessen könne. Er aber hat mich unter Druck gesetzt. Er verlangte noch mehr, als die vereinbarten 20.000€. Da musste ich das mit dem Schließfach machen. Der verarscht mich nicht noch einmal.« Mariannes Miene blickte finster.

»Woher hatten Sie den Sprengstoff?«

»Im Internet können Sie alles bekommen, ohne Probleme. Dieser Idiot macht keine halben Sachen mehr, wie ich damals in der Zeitung las.«

Wie wahr dachte sich Hauptkommissar Klausen und schaute seinen Kollegen an, der das Gesagte nicht fassen konnte.

»Was passierte dann, Frau Lemke?«

»Ich traf Dan auf der Fressgass, von Günter im Schauspielhaus hatte ich den Tipp bekommen, dass Dan auf die Fressgass wollte. Ich traf ihn und ließ von uns ein Foto machen. Das habe ich dann in den Zeitungen gesetzt. Als neue Geschäftspartner. Auch wenn Dan sehr ungehalten war, wusste ich, dass es nur für die Öffentlichkeit war. Vielleicht war er von seinem Drachen Zuhause auch abhängig. Ich musste ihn doch retten.

Was ich nicht eingeplant hatte, waren die Typen, die mich besuchten. Die kamen wohl von Alfred. Er wollte sein Geld. Sie schlugen mich und sie brachen mir drei Finger. Sie deutete auf ihre Hand.«

Die Schwester kam herein und sagte, dass es nun genug sei. Frau Lemke muss sich noch ausruhen.

Hauptkommissar Klausen und sein Kollege erhoben sich und bedankten sich bei Frau Lemke und wünschten ihr gute Besserung.

»Ja ich bin jetzt müde, ich muss mich nachher noch schminken, so kann ich Dan doch nicht empfangen.« Sie schloss ihre Augen. Die Krankenschwester hob nur die Schultern.

Als sie wieder auf dem Weg zum Präsidium waren, meinte Peters:

»Man, die ist ja total durchgeknallt. Ob sie ihr wirklich helfen können? Also ich an Dan Harpers stelle, würde das Weite suchen. Vor so einer Person bist du doch nie sicher.«

»Hmm«, knurrte der Hauptkommissar zur Bestätigung.

Mara und Dan gaben ein großes BBQ für die Familie und Nele mit Familie.

Als alle gemütlich beim Essen saßen, der Grill schon aus war, begann Dan zu erzählen:

»Liebe Familie, liebe Nele. Nele du bist uns so eine gute Freundin geworden, dass wir dich zu unserer Familie zählen.«

Nele wurde rot über so viel Lob. Dan erzählte weiter:

»Ihr habt alle hautnah mitbekommen, wie es uns hier in Deutschland ging. Wir beabsichtigen, wieder in die Staaten zu ziehen.« Ein lautes raunen ertönte von allen Seiten am Tisch. »Ich weiß, auch dort ist uns etwas passiert, was ich nie im Leben wieder erfahren möchte«, er drückte die Hand seiner Frau.

»Das, was wir uns überlegten, ist auch nur ganz Vage und braucht Zeit. Wir wollten gerne eure Meinung dazu hören. Was haltet ihr davon, wenn wir alle auswandern. Ich würde dann planen ein Grundstück von ca. 20 Acre zu kaufen. Das sind so etwas über 8 Hektar. Darauf stellen wir Häuser für euch, eine Werkstatt für mich, ein Atelier für Mara und auch du Nele bekommt in dein Haus alles, was du zum Nähen brauchst. Sven, dir könnte mein Vater einen Job in seiner Klinik anbieten. Und du liebste Schwägerin, kannst

überall auf der Welt Schüler unterrichten. Da du eine gute Englischlehrerin bist, wirst du den Toefl Test im Nu bestehen. Das ist ein Test was zum Beispiel viele Universitäten verlangen, bevor sie eine Zusage geben. Ich hörte davon, dass manche Arbeitgeber sie auch verlangen. Besonders wichtig ist er, wenn man ein öffentliches Amt, wie das Lehramt besetzen möchte. Der Test beinhaltet 3 Stufen.
1. Reading zur Erfassung des Verständnisses von Textabschnitten.
2. Listening zur Erfassung des Hörverständnisses und
3. Speaking zur Erfassung der Fähigkeit zu kommunizieren

Der Test wäre nicht so schwer, wie ich hörte.

Noch ein Hintergedanke wäre, dass wir uns nicht aus den Augen verlieren und unsere Kinder immer Spielkameraden haben.

So meine Lieben, was sagt ihr dazu? Ich werde mir dann auch einen Immigrationsanwalt nehmen, der euch unterstützt. Oder ihr könnt auch an der Greencardlotterie teilnehmen. Denn diese Aktion braucht schon ein paar Jahre, sollten wir uns dazu entschließen.«

»Wow, da habt ihr aber einiges vor«, meinte Ilona und sie sah ihren Sven an, wie er glänzende Augen bekam. Ilona drehte sich zu ihrer Mutter um. Mama würdest du auch mitgehen?«

»Ja Ilona, ich würde mich riesig freuen, wenn ich alle meine Enkel um mich haben könnte.«

»Dan, bei Sven reißt du damit offene Türen ein, er wollte schon immer in ein warmes Land.«

»Ja liebe Ilona, darum kam Kanada auch nicht infrage, Mara möchte es warm haben.« Er zwinkerte Mara zu.

»Genau, Winter habe ich auch hier. Ich will, wenn schon, in die Sonne, Palmen Meer.« Mara geriet ins Schwärmen.

Nele meldete sich zu Wort:

»Da gibt es für meine Seite nur ein Problem Dan, ich kann mir kein Haus leisten. OK ich könnte meins hier verkaufen, aber ich brauche das Geld für die Ausbildung meiner Kinder.«

»Daran habe ich auch gedacht Nele. Ich plane, die Häuser nach euren Vorstellungen bauen zu lassen. Wir richten einen Fond ein, wo jeder einen Betrag einbezahlt, wie eine Miete eben und irgendwann hat er sein Haus abgezahlt. Dort sind die Häuser nicht so teuer wie hier. Aus diesem Fond können auch eventuelle Reparaturen an den Häusern bezahlt werden. Es wird auch alles mit normalen Verträgen gemacht, damit sich niemand benachteiligt fühlt.«

»Diese Lebensform gefällt mir sehr gut, manchmal kann man sie auch in ländlichen Gebieten hier sehen. Wo wirklich noch mehrere Generationen in einem Haus wohnen können. Leider ist es nur noch selten möglich«, erwiderte Ilona.

»Das stimmt Ilona, darum war ich von Dans Vorschlag auch schnell begeistert. Das wäre wirklich Klasse, wenn wir jeder unser eigenes Haus haben, und doch schnell zusammenkommen können. Und meine Kinder würden öfters ihre andere Oma und Opa sehen können. Amy und ich könnten uns öfters treffen. Wenn wir in der Gegend von Dans Eltern bleiben würden, wären das gerade Mal zwei Autostunden zu ihr.«

»Dan, das würde dann so aussehen, wie bei deinen Eltern auf dem Anwesen, oder?, fragte Nele.«

»So ähnlich Nele. Ich plane, es allerdings weiter auseinander zu bauen. Sodass jeder von euch auch einen Garten hat. Bei 20 Acre ist noch Platz für einen kleinen Park. Und selbstverständlich wird das Gelände ein Gate haben und es wird durch eine Securityfirma bewacht. Ihr braucht also keine Angst zu haben, dass dort nachts unnütze Gestalten herumhängen. Ihr müsst euch auch nicht sofort entscheiden. Lasst euch Zeit, überdenkt das alles und sagt uns Bescheid. Ich werde auch noch einmal mit meinen Eltern reden.«

Am nächsten Tag ging Nele auf dem Friedhof, wo sie fast jeden Tag anzutreffen ist, seit dem gewaltsamen Tod von Karsten. Hier fühlt sie sich ihm so nah. In Gedanken sprach sie oft mit ihm.

»Hast du das gehört Karsten, warum du gehen musstest. Ich könnte dieser Bitch wer weiß nicht was antun. Ich vermisse dich so sehr. Gestern war ich bei Mara und Dan. Hast du sie gehört? Sie fragten mich, ob ich mit Ihnen in die USA ziehen möchte, aber dann kann ich dich nicht mehr besuchen«, schniefte sie.

Karsten gab ihr zu verstehen, dass er sie nur glücklich sehen möchte. Es war meine Zeit zu gehen. Das ist Bestimmung. Wenn es dich und die Kinder glücklich macht, dann wage den Schritt. Ich bin dir überall Nah. Hier liegt nur mein Körper nicht mehr als ein alter Mantel, ich selbst bin ganz woanders.

Wo immer du mich finden willst, wird es geschehen. Ich achte auf euch.«

»Ja das Weiß ich und das fühle ich, aber ich kann dich nicht berühren, dich nicht mehr fühlen und ganz andere Dinge mit dir machen.« Nele schaute lüstern auf das Grab. Plötzlich spürte sie einen Luftzug in ihrem Gesicht, obwohl sich die Bäumen und Sträucher nicht bewegten. Huch, sagte sie, warst du dass?

»Du kannst mich fühlen, wenn du mich fühlen willst. Du kannst mich riechen, wo immer du mich riechen willst.«

Karsten, ich werde meine Mama fragen, ob sie mitkommen würde. Sie legte ihre Rose auf das Grab und ging wieder.

Oh man, wenn mich jemand hören würde, die denken bestimmt, ich hab sie nicht mehr alle. Ich kann Karsten aber fühlen und da ist es mir egal, was andere denken.

18

Nele rief ihre Mutter an.

»Mama was hältst du davon, wenn wir beide mit den Kindern in die USA auswandern?« Sie erzählte ihr alles, was sie von Dan erfuhr.

»Kind das ist aber für dich eine tolle Chance. Die Idee finde ich gut. Das könnte sogar funktionieren. Wenn du Geld hast, kannst du überall auf der Welt gut leben. Ja ich werde es mir überlegen. Maria wäre dann auch dort, oder?«

»Ja Mama, sie würde mitgehen. Für sie wäre es eine Freude, weil sie beide Töchter und Enkel um sich hätte.«

»Das ist schön, ich mag sie.«

»Mama, Dan sagte, deine Rente wird dir auch in den USA ausgezahlt, weil Deutschland mit den USA ein Abkommen haben.«

»Nele, das hört sich sehr gut an. Ich werde es mir gründlich überlegen.«

Auf dem Nachhauseweg kam Sven ins Schwärmen.

»Und Liebling, hast du dir das überlegt, wollen wir den Schritt wagen? Also ich wäre dabei. Mein Traumland USA, wir kommen – vielleicht, sagte er dann leise.«

»Das dachte ich mir schon, dass du Feuer und Flamme bist.« Sie musste schmunzeln. Beide hingen ihren Gedanken nach.

Dan setzte sich zu Mara auf die Couch. Wie geht es dir bei dem Gedanken liebe Mara?«, fragte er.

»Es wird bestimmt super, wenn alle unsere Lieben dabei sind. Damit man sich nicht auf die Nerven fällt, hat jeder sein eigenes Haus, wo er sich zurückziehen kann. Ich glaube, dann möchte Nele ihre Mutter bestimmt auch mitnehmen.«

»Soll sie doch machen. So hat sie auch immer jemand, der die Kinder beaufsichtigt, wenn mal alle Stricke reißen. Und glaube mir, Kinder integrieren sich sehr schnell und finden auch schnell neue Freunde. Ich bin gespannt, wie sich alle entscheiden werden.«

Nach der technischen Überprüfung des Vito Tourer von der Familie Harper wurde festgestellt, dass die Fingerabdrücke sowie der genetische Fingerabdruck an dem Kanister, der neben dem Wagen gefunden wurde, und am Holm einwandfrei von Alfred Böhmer stammen. Ferner wurde noch ein Sprengsatz unter dem Auto gefunden. Nach dem Geständnis von Alfred Böhmer und der Mitangeklagten Marianne Lemke, die Alfred Lemke zu der Tat mutmaßlich beauftragt hat, konnte die Beweisaufnahme geschlossen werden. Beide Verfahren werden separat verhandelt.

Zuerst begann die Verhandlung von Alfred Böhmer vor dem Landgericht. Er wurde zu 8 Jahren und 9 Monaten verurteilt.

Der Prozess um Marianne Lemke wird mit viel mehr Öffentlichkeit verfolgt. Alleine schon deshalb, weil sie in Frankfurt und über die Stadtgrenze hinaus, als die Frau auf dem Eisernen Steg bekannt ist. Man kennt sie vom Fernsehen und den Zeitungen. Gespannt ist man, was sie zu erzählen hat. Nele Hoffmann trat als Nebenklägerin auf. Sie war mit ihrem Anwalt im Gerichtssaal.

Der Sitzungssaal ist brechend voll, als Marianne Lemke in ihrem Rollstuhl hereingeschoben wird. Ihre Augen suchten jemanden. Sie konnte aber nur ihren Kopf bewegen. Laut bat sie, dass man sie umdrehen sollte, sie wollte sehen, wo Dan Harper sitzt. Man sagte ihr, dass er nicht im Saal sitzt, weil er als Zeuge geladen ist. Das wollte Marianne nicht akzeptieren. Der Richter musste sie zur Ordnung rufen. Dann stellte er die Personalien fest.

Der Staatsanwaltschaft verlas die Anklageschrift. Der Richter fragte sie, ob sie zur Sache aussagen möchte. Sie nickte.

»Von Stalker kann keine Rede sein, Dan und ich gehören zusammen.«

»Wo lernten sie Herrn Harper kennen?«

»Bei meinem Vater in der Firma. Er war leider nur 7 Tage bei uns.«

Hat Herr Harper sich mit Ihnen getroffen, hat er Ihnen erzählt, was er für Sie fühlt.«

»Das brauchte er nicht, ich wusste es.«

»Wussten Sie, dass Herr Harper verheiratet war?«

»Ja, aber das war ein Irrtum, er musste sich dessen erst bewusst werden.«

»Sie hatten zu dieser Zeit einen Freund?«

»Phh, sie reden wohl von Floh, das war nicht das Gelbe vom Ei. Ich trennte mich von ihm.«

»Was passierte dann weiter?«

»Ich nahm ab, ließ mich ein paar Mal operieren, damit alles schön straff war und dann war ich für Dan bereit. So fett, wie ich war, lag es ja auf der Hand, dass er mich kaum beachtete.«

»Herr Harper war zu der Zeit nicht mehr in der Firma Ihres Vaters, richtig?«

»Ja leider, ich fuhr dann nach Frankfurt und ließ mich im Schauspielhaus einstellen.«

»Ist es richtig, dass Sie nie die Universität besucht haben und dass Sie keine echten Zeugnisse hatten.«

»Ja die musste ich mir besorgen.«

»Waren Sie sich bewusst, dass es Urkundenfälschung war?«

»Man sollte nicht so kleinlich sein. Es war doch für einen guten Zweck.«

Ein Raunen ging durch das Publikum.

»Danke das war es erst einmal.« Der Richter gab einen Wink, dass man Marianne Lemke zu ihrem Anwalt schob.

Es wurde der Zeuge Florian Alsfeld aufgerufen. Er wurde auf seine Wahrheitspflicht hingewiesen.

Florian Alsfeld schaute traurig zu Marianne. Sie schaute ihn nicht einmal an.

»Herr Alsfeld, Sie waren mit der Angeklagten befreundet?«

»Ja Herr Richter, wir waren 5 Jahre zusammen. Ich dachte auch immer, wir heiraten einmal, aber es kam alles anders. Sie war früher etwas korpulent, aber ich liebte sie so wie sie wahr. Für mich war das nicht ausschlaggebend.«

»Wie kam es zum Bruch?«

»Das fing an, als Herr Harper für ihren Vaters gearbeitet hat. Da veränderte sich ihr ganzes Wesen. Sie hatte immer weniger Zeit für mich. Sie kanzelte mich oft vor Herrn Harper ab.«

»Wie hatte Herr Harper reagiert?«

»Hmm eigentlich gar nicht. Ich habe nie gesehen, dass er sich für Marianne interessiert.«

»Du lügst Floh, er liebte mich.«

»Nein Marianne, das stimmt nicht. Ich hatte mich mit ihm unterhalten. Ich fragte ihn, ob er ein Auge auf dich geworfen hatte. Er hat mir geantwortet, dass er glücklich verheiratet ist. Dass er dir nie das Gefühl gegeben hat, dass zwischen euch etwas laufen könnte. Und er wünschte mir für unsere Bezeihung alles Gute.«

Wieder zum Richter gewandt sagte er:

»Herr Harper sagte zu mir, dass Marianne ein nettes Mädchen ist, mehr aber auch nicht. Ich glaube er war froh, dass die Zeit für ihn in Berlin zu Ende ging.«

»Hat noch jemand fragen an den Zeugen?«, fragte der Richter. Als es verneint wurde, war er entlassen, konnte sich aber auf die erste Bank setzen.

Marianne war außer sich vor Wut:

»Du lügst, du kannst es nur nicht ertragen, dass mich ein anderer liebt. Das war gut, dass ich dich in den Wind getreten habe.«

Ihr Anwalt bat das Gericht um eine kleine Pause, damit sich seine Mandantin wieder erholen kann.

Die Sitzung wurde für 2 Stunden unterbrochen.

Danach wurde Beate Ulrich in den Zeugenstand gerufen. Auch sie wurde auf ihre Wahrheitspflicht hingewiesen.

Der Richter fragte sie:

»Frau Ulrich, sie waren eine Freundin der Angeklagten.«

»Ja, wir waren unzertrennlich, das ist aber schon lange vorbei«, erwiderte sie traurig.

»Hatten Sie einen Streit mit der Angeklagten?«

»Aber erst dann, als schon alles aus dem Ruder lief. Als Herr Harper bei ihrem Vater anfing zu arbeiten. Da war Marianne ganz verändert. Man konnte kaum noch mit ihr reden.«

»Du falsche Schlange du warst hinter Dan her«, warf Marianne ein.

»Nein das stimmt nicht, ich hatte meinen Freund, den ich sehr liebe. Wir sind zwischenzeitlich auch verheiratet. Wir waren dir auf einmal nicht mehr gut genug. Du fingst an, diese Diätpillen zu schlucken.«

Es wurden noch weitere Zeugen gehört, aus der Zeit bevor Dan Harper bei ihrem Vater anfing. Im Tenor sagten sie alle das Gleiche. Staatsanwalt und Verteidiger hörten bisher nur zu, ohne Fragen zu stellen.

Es wurde der Gutachter Professor Dr. Gerd Wieland aufgerufen.

»Herr Professor Dr. Wieland. Sie haben die Angeklagte eingehend Untersucht. Zu welchem Ergebnis sind sie gekommen?«

»Hohes Gericht, Herr Staatsanwalt, Herr Verteidiger. Bei der Angeklagten Marianne Lemke konnte ich eine Paranoid-narzisstische Persönlichkeitsstörung mit einem erheblichen Eifersuchtswahn feststellen. Diese Krankheit kennzeichnet sich durch Empfindlichkeit gegenüber Zurückweisung und übertriebenes Misstrauen aus. Bei Frau Lemke kommt besonders der eklatante Eifersuchtswahn zum Tragen, was letztendlich auch zu ihren Taten führte. Diese paranoide Persönlichkeitsstörung führt bei Frau Lemke zu überhöhtem Selbstwertgefühl und Ichbezogenheit. Letzteres konnten wir in der bisherigen Verhandlung auch beobachten. Die Tendenz übertriebener Empfindlichkeit führt oft zu Rechthaberei und Streitlust. Entgegen dem üblichen Krankheitsbild ist Frau Lemke nicht in sich verschlossen. Meines Erachtens besteht eine Schuldunfähigkeit. Durch ihre Behinderung, bedingt durch den Sprung vom Eisernen Steg in seichteres Wasser kann sie zwar nicht mehr selbst tätig werden, aber sobald sie die Möglichkeit sieht, könnte sie erneut versuchen, durch Mittelsmänner ihrem Ziel näher zu kommen.«

»Vielen Dank für Ihre Ausführungen Professor Dr. Wieland.«

»Wir rufen Herrn Harper in den Zeugenstand.«

Dan nahm auf dem Stuhl vor dem Zeugenstand platz. Auch bei ihm wurden die Personaldaten vorgelesen und auch er wurde auf die Wahrheitspflicht hingewiesen.

Marianne Lemke wurde ganz nervös.

»Dan, endlich bist du gekommen, du nimmst mich mit nach Hause, ja? Bist du endlich die Schlampe von deiner Frau mit ihrer Brut losgeworden?« Das Gesicht von Marianne Lemke wurde fast zu Fratze.

»Hat es mit eurem Van endlich geklappt? Oh ich freue mich so darüber. Dann hat das Geld dem Alfred doch was gebracht und er hat endlich getan, was er sollte. Auf die 20.000€ ist doch geschissen. Dann können wir heiraten. Nun steht unserem Glück nichts mehr im Wege. Bitte komm zu mir und gib mir einen Kuss.«

Ihr Anwalt wollte leise auf sie einreden, auch er bekam sein Fett ab.

»Lassen Sie mich in Ruhe, Sie als mein Anwalt, sollten nicht gegen mich agieren.«

Ein Raunen ging erneut durch den Saal.

Dan schaute sie nur angewidert an. Er tat aber gut daran, nicht auf sie einzugehen. Es kostete ihm viel Kraft. Der Richter rief sie zur Ordnung. Ihr Vater konnte sich nicht mehr zurückhalten.

»Kind, mach dich doch nicht unglücklich.«

»Vater du hast keine Ahnung von wahrer Liebe, nur ich und Dan.«

Dem Richter wurde es langsam zu bunt.

»Frau Lemke, wenn sie die Verhandlung weiterhin stören, lasse ich sie aus dem Saal entfernen.«

Das hatte bei Marianne gesessen. Sie hatte Angst, Dan nicht mehr sehen zu können. Nun traute sie sich nichts mehr, zu sagen. Man sah es ihr an, wie ihr Gehirn arbeitete.

Der Richter wandte sich an Dan:

»Herr Harper, was für eine Verbindung haben Sie zu Frau Lemke?«

»Gar keine. Ich bekam einen Auftrag von Herrn Lemke und dadurch war ich 7 Tage in Berlin. Ich begrüßte Frau Lemke wie jeden anderen Mitarbeiter in den Werkstätten. Ich war zu dieser Zeit schon mit meiner Frau glücklich verheiratet. Ich habe Frau Lemke zu keiner Zeit Avancen gemacht.«

»Dan, für dich habe ich abgenommen, für dich habe ich mich operieren lassen, damit mein Körper schön straff ist. Für dich habe ich Floh weggeschmissen. Das musst du doch gefühlt haben.«

»Frau Lemke, ich habe das von Ihnen zu keiner Zeit erwartet.«

Marianne bekam ein Nervenzusammenbruch und konnte sich nicht mehr beruhigen.

»Dan das kannst du mir nicht antun.«

Sie wurde aus dem Gericht gefahren. Alle waren bestürzt. Dan wurde daraufhin aus dem Zeugenstand entlassen.

Der Richter fragte:

»Gibt es noch weitere Anträge, oder kann die Zeugenbefragung abgeschlossen werden?«

Er schaute den Staatsanwalt an und den Verteidiger. Beide schüttelten den Kopf.

»Das Gericht zieht sich zur Beratung zurück. Die Verhandlung wird für eine Stunde unterbrochen.«

Auf den Gängen sah man die Presseleute, wie sie am Telefon hingen, um die Neuigkeit ihrer Redaktion weiter zu geben. Teilweise wurde das auch gleich per Laptop versendet.

Nach einer Stunde wurde das Urteil verkündet.

»Im Namen des Volkes ergeht folgendes Urteil in Abwesenheit der Angeklagten, um sie zu schonen.

Das Gericht hat die Schuldunfähigkeit der Abgeklagten wegen seelischer Störung gemäß §20 festgestellt. Es wird der Maßregelvollzug nach § 63 angeordnet…..«

Mehr wollte Dan nicht hören und ging aus dem Gerichtssaal. Er musste sich erst einmal eine Zigarette anstecken. Das war eine gute Entscheidung von dem Richter fand er. Es gibt auch keine Revision. Er wartete noch auf Nele.

Stefan Lemke kam kurz danach als gebrochener Mann aus dem Gerichtssaal. Er ging ohne Kommentar an den Reportern vorbei.

Draußen warteten die Reporter und wollten eine Stellungnahme von Dan Harper. Aber er sagte nur, »es ist vorbei«, und ging zu seinem Auto. Er war froh, dass der Spuk endlich zu Ende ist. So hoffte er auf jeden Fall.

Als sie im Auto saßen, fand Nele die Sprache wieder.

»Dan, was ist die denn für ein abgewracktes Weib. Die ist ja hochgradig gefährlich. Ich hoffe, sie kommt lange nicht aus dem Krankenhaus heraus. Was bedeutet eigentlich Maßregelvollzug?

»Der Maßregelvollzug ist eigentlich eine gute Sache. Psychisch Kranken oder auch suchtkranken Menschen, die aufgrund ihrer Erkrankung straffällig geworden sind, werden zum Schutz der Bevölkerung in forensischen Kliniken mit hohen Sicherheitsvorkehrungen untergebracht. Dort werden sie therapiert mit der Hoffnung, dass sie ein straffreies Leben führen können. Soweit wie ich weiß, müssen sie auf jeden Fall 8-10 Jahre dort bleiben. Durch ihre Behinderung wird sie wohl nichts mehr anstellen können, aber wenn sie wieder telefonieren kann, könnte es sein, dass bei uns wieder Mal ein Auto abgefackelt wird.« Dan lachte gequält. Nele legte ihren Arm auf Dan.

»Hoffen wir, dass es das gewesen ist.«

»Ja das hoffe ich besonders für Mara.«

Dan wusste, Zuhause warten sie auf seinen Bericht. Bis dahin konnte er sich noch einmal sammeln.

Als sie nach Hause kamen, schauten ihnen viele Augenpaare entgegen. Der Kaffee stand schon bereit.

Dan erzählte alles, was er wusste. Er war sichtlich geschafft. Nele erzählte von dem

Gutachter. »Dan, was du mir im Auto erzählt hast, mit der Möglichkeit, dass auch Behinderte noch tätig werden könnten, wenn auch nicht persönlich, aber über Mittelsmänner, genau das hat, der Gutachter auch gesagt.«

»Dan warum kam sie nicht in Sicherungsverwahrung bleiben?«, wollte Mara wissen.

»Sicherheitsverwahrung geht nur bei Urteilen, wo die Straftäter mindestens 2 Jahre Haft bekommen. Dann heißt es, mit anschließender Sicherheitsverwahrung.«

Auch Maria erwähnte, dass nun alle Anwesenden mit mehr Zuversicht in die Zukunft blicken können. Ilona und Sven stimmten ihr zu.

19

Nachdem beide Prozesse vorbei waren, gaben Mara und Dan wieder ein BBQ, weil sie wissen wollten, ob die Familie, und Nele sich entschieden haben. Beide waren sehr gespannt. Sie waren sehr erstaunt, dass alle mit ihnen auswandern wollten. Nele meldete sich zuerst zu Wort.

»Dan ich habe keine großen Ansprüche an mein Haus, ich möchte nur ein begehbares Ankleidezimmer. Das hat mir bei deinen Eltern echt gut gefallen.«

»OK sagte Dan, dann schreibt doch bitte alle einmal auf, worauf ihr Wert legt. Meine Eltern halten schon einmal Ausschau nach einem Gebiet. Ich gebe euch alle die Visitenkarte von einem Immigrationsanwalt. Dort könnt ihr euch hinwenden, wenn ihr spezielle Fragen habt.

In den USA ist es bei den Häusern so, dass es nicht nach Zimmern geht, wie hier in Deutschland, sondern nach Schlafzimmern. Wenn jemand ein Haus mit 4 Zimmern hat, dann hat er zusätzlich noch 2 Wohnzimmer. Das eine ist der Familyroom und das andere der Livingroom. Der Familyroom ist für die Familie, da ist auch immer ein TV drin. Natürlich gibt es Häuser, wo in jedem Zimmer ein TV steht. Der Livingroom ist mehr für Gäste. Da wo man Gäste empfängt, aber nicht möchte, dass sie mit in den Familyroom gehen. Ich weiß schon, was ihr denkt, das ist nun mal so. Ihr könnt dieses Zimmer so einrichten, wie ihr gerne möchtet. Es ist dann euer Haus.

Ilona meinte:

»Ich brauche nicht so ein großes Haus. Es muss ja auch geputzt werden. Wie ihr wisst, habe ich keine zwei vollständigen Hände mehr. Ich weiß, Sven hilft mir, wo er nur kann, sie sah ihren Mann verliebt an.«

»Ich freue mich irrsinnig darauf. Das war schon immer mein Traumland«, meinte Sven. Ich weiß auch, dass Krankenpfleger drüben sehr gesucht werden. Ich habe mich da schon mal schlaugemacht. Von daher mache ich mir nicht zu große Sorgen.«

Maria freute sich auch, dass sie ihre beiden Töchter so nah beisammenhat. Sie verstand sich auch mit Neles Mutter sehr gut.

»Na gut, dann werden wir das Projekt angehen«, meinte Dan. Ich werde dann vermutlich öfters rüber fliegen müssen, um das alles unter Dach und Fach zu bekommen. Mara, ich möchte gerne, dass du mich begleitest. Wenn ihr wollt, könnt ihr gerne mitkommen.

Als Dan mit seinem Vater telefonierte, war er sehr überrascht. Er fand das Projekt sehr gut und einmalig.

»Dan das ist bestimmt wiederholungswürdig. Für Leute, die nicht ständig umziehen wollen, ist das eine Ideallösung. Lass es uns gemeinsam aufziehen. Wir würden unser Anwesen dann verkaufen und auch in „eurem Park" ziehen.«

»Wirklich Vater?«, Dan war sehr überrascht.

»Und deine Klinik Vater?«

»Ach weißt du Dan, auch ich werde langsam müde. Ich bin jetzt 64 Jahre alt. Habe Tag und Nacht für die Klinik gelebt.«

Oh ja, dachte Dan, daran kann ich mich gut erinnern.

Eines Tages rief ihn Pam, seine Schwester an.

»Hi großer Bruder. Mama hat mir von eurem Projekt erzählt. Wenn ihr eine Gegend sucht, die nicht zu weit von Tallahassee entfernt ist, würde ich mich euch gerne anschließen. Ich möchte in der Klinik bleiben.

John und seine Frau haben mir auch signalisiert, dass sie eventuell Interesse haben«

»Hi Pam, schön von dir zu hören. Das freut mich sehr, euch öfters als 3 Mal im Jahr zu sehen.« Dan erklärte ihr, wie sie sich das dachten.

Nele bekam ein Mädchen. Ganz so wie Karsten es sich wünschte. Mara und Neles Mutter waren bei der Geburt dabei. Nele war so glücklich, dass es ein Mädchen wurde. Drei Wochen nach der Geburt ging sie mit ihrer Tochter Katrin zum Friedhof. Sie hielt wieder Zwiesprache mit Karsten.

Hey Karsten, hier bringe ich dir deine Tochter. Sie ist ein ganz liebes Mädchen. So wie du es dir gewünscht hattest.

Wieder fühlte sie ein Luftzug um ihre Wange. Tränen des Glücks standen in ihren Augen. Ich weiß, du wirst da sein, wo wir sind und ich danke dir dafür. Wieder legte sie eine Rote Rose auf das Grab und ging nach Hause.

Mara erwartete auch ihr 3. Kind. Sie hoffte, dass es keine so großen Aufregungen gab. Mit Schrecken dachte sie an ihre Fehlgeburt.

In Bradfordville fanden sie ein geeignetes Objekt. Besonders Mara gefiel es. Es war nur ca. 13km von der Landesgrenze Florida/Georgia entfernt und es waren auch nur 13 km bis nach Tallahassee entfernt. Jeder konnte zufrieden sein. Das Gelände war auch nur 14 Acre, aber auch das war mehr als ausreichend.

Nach 1 ½ Jahren war soweit alles fertig. Alle flogen zur Besichtigung nach Tallahassee. Dans Vater hatte wieder eine Privatmaschine gechartert. So konnte Bella im Flugzeug herum laufen. Auch die anderen Kinder freuten sich, weil sie nicht ständig sitzen mussten.

Dan hatte wirklich gute Arbeit geleistet. Alle Häuser standen in einem Rondell. In der Mitte war ein großer Pool und ein größeres Haus stand für Feierlichkeiten bereit mit Bewirtung.

In der Nähe gab es den Lake Lamonia. Der See hatte eine Länge von 11 km und war 3 km breit. Er lud ein zu einer Bootsfahrt und zum Fischen. Dennis fragte seinen Vater, ob er mal mit ihm fischen ging.

»Aber natürlich mache ich das. Frag doch mal Opa James, ob er mitkommt.«

»Au ja, das mache ich.«

Dennis ging zu seinem Opa und fragte ihn, ob er mit zum fischen gehen würde.

»Aber natürlich kleiner Mann. Ich habe einiges gut zumachen«, dabei sah er Dan lange an. Er empfing es als Zeichen der Wiedergutmachung.

Auch die Visa waren alle ausgestellt, alle Prüfungen bestanden. Als sie ihre Häuser sahen, waren sie begeistert. Dan hatte sich wirklich nach ihren Wünschen gerichtet. Nele stieß einen Schrei aus, als sie ihr eigenes Ankleidezimmer sah. Sie lief zu Dan und fiel ihn um den Hals, so freute sie sich.

Für Dan wurde eine große Werkstatt neben sein Haupthaus gebaut.

Auch die Mütter von Mara und Nele bekamen ein eigenes kleines Haus. Unweit von den Häusern ihrer Töchter. Sie sagten zwar, dass sie es nicht bräuchten, aber Dan dachte weiter, was ist, wenn Nele einmal einen Mann kennenlernt? So hat jeder sein eigenes Reich und es kommt zu keinen Konflikten.

Nun gingen sie in die Möbelgeschäfte und bestellten die Möbel, die sie nicht von Deutschland mitnehmen wollten. Das Lieferdatum klappte gut mit ihrer Auswanderung. Ein Angestellter von Dans Eltern überwachte die Lieferungen.

Wieder Zuhause ging es ans Packen. Die Container wurden früher weggeschickt, damit sie nicht so lange auf ihre Sachen warten mussten. Es überschnitt sich nur um 2 Wochen und die wohnten sie in einem Hotel.

Besonders die Kinder konnten es kaum erwarten. Sie freuten sich auf Micky Maus und Co.

Nele ging noch einmal auf das Grab zu Karsten und hielt noch einmal Zwiesprache mit ihm. Wehmut klang von Karstens Eltern, die ihre Enkelkinder nun nicht mehr so oft sehen konnten. Sie versprachen aber, sie besuchen zu kommen.

Weitere drei Monate war alles verschifft und der endgültige Abflug von Deutschland stand im Fokus. Die Kinder waren sehr aufgeregt.

Es wurde eine Abschiedsparty für alle Freunde gegeben. Dann ging es auf nach Bradfordville. Das Einrichten der Häuser machte den Frauen großen Spaß.

Ein paar Wochen später wurden die Medien auf das Projekt aufmerksam. Fox 49 News kam zu ihnen, um davon zu berichten. Die Menschen fanden Gefallen an den

Grundgedanken. Mit den Jahren wurden immer mehr kleine Parks erschlossen. Ihr Arrangement fand Nachahmer. Alte Familienangehörige wurden nicht mehr so schnell in die Altersheime abgeschoben. Es war immer einer Zuhause, der sich um die alten Leute kümmern konnte. Dan und Mara wurden Ehrenbürger ihrer Stadt.

Dan war Miteigentümer einer Firma, die Docks- und Bootshäuser bauen. Ein sehr lukratives Geschäft, wie sich herausstellte. Durch den großen Lake Lamonia ging ihnen die Arbeit auch so schnell nicht aus. So hatte Dan genügend Zeit für seine Holzkunst die auch sehr gefragt ist. Mara bestand darauf, dass ihr Holzstamm mit dem Babywaschbären den Weg über den großen Teich fand.

Mara hat nun ihr Atelier, aber leider zu wenig Zeit. Wenn ihr 3. Kind geboren ist wird sie mit den Kindern alle Hände voll zu tun haben.

Nele fand in einem Theater als Kostümschneiderin einen neuen Job, den sie auch in Teilzeit ausüben kann. Ihre Mutter und ihre Kinder sind ihr ein und alles. Besonders ihre Tochter hat es ihr angetan. Das letzte Geschenk von Karsten.

Sven arbeitet in der Klinik von Dans Vater.

Ilona unterrichtet Kinder in einer Privatschule. So kann sie das gut in Einklang mit ihren eigenen Kindern bringen.

Die Mütter gehen darin auf, sich um ihre Enkelkinder zu kümmern.

Dans Vater nimmt sich wirklich viel mehr Zeit für seine Enkelkinder. Dans Herz wird warm, wenn er seinen Vater beobachtet. Das hatte er als Kind so schmerzlich vermisst. Das auch seine beiden Geschwister Pam und John bei ihnen wohnen, empfinden alle als Bereicherung.

Dan musste eine Besorgung machen, wie er sagte und er lächelte dabei. Mara fragte ihn, was er vorhatte. Wenn seine Augen so blitzten, hatte er irgendeine Idee.

»Ich bin gleich zurück, Liebling.«

Nach ca. 1 Stunde hörte Maren die Kinder vor Entzückung schreien. Sie lief aus dem Haus und traute ihren Augen nicht. Dan fuhr einen Schulbus. Als er Ausstieg, wurde er umlagert.

»Normalerweise fährt euch so ein Bus in die Schule. Aber dieser hier gehört jetzt uns und er wartet Morgen Früh auf euch zu einer fahrt zur Mickey Maus. Und nun geht zu euren Eltern und fragt, ob sie mitwollen.«

»Au ja, schrien alle und liefen in alle Himmelsrichtungen nach Hause.«

Mara musste lachen.

»Dan du bist doch verrückt«, schmunzelte sie.

»Nein«, mimte er erbost, aber der Schalk war in seinen Augen. Er nahm Mara in den Arm.

»Ich dachte, so ist es besser, wir haben bald 12 Kinder und so müssen wir nicht mehr mit mehreren Autos fahren. Morgen ist Sonntag und da haben alle frei. Mal sehen, ob ich meine Familie zu sehr überrumpelt habe? Ich habe mit Vater gesprochen, auch Sven hat frei.«

Sie kamen natürlich alle zu Dan und Mara, um den Bus zu bewundern.

Sven stieß ihn in die Rippen.

»Du bist doch ein verrückter Hund Dan. Natürlich geht Ilona gerne mit. Das können wir den Kindern doch nicht antun. Nur ich kann nicht mit, ich habe Dienst.«

»Nee, ich habe schon mit der Obrigkeit gesprochen, du hast Morgen frei.«

»Nee echt jetzt?«, als Dan nickte, drehte sich Sven um.

»Habt ihr das gehört Kinder, dann auf zu Goofy Morgen.«

»Dan ich danke dir, lass uns darauf ein Bierchen trinken.«

Am nächsten Morgen waren die Kinder sehr aufgeregt. Sie freuten sich, auf die Mickey Maus. Mit dem Bus war das auch ein relaxtes Fahren. Alle hatten sehr viel Spaß im Disney World. Die Kinder kamen voll auf ihre kosten. Nur Mara fuhr nicht mehr mit, sie achtete sehr auf sich, damit sie ihr Kind nicht wieder verlor. Abends blieben sie noch bis zur Lichterparade. Die Kinder hatten alle die Micky Maus Ohren auf. Einige schliefen schon in ihren Buggys. Ein schönes Bild dachte sich Mara. Sie war sehr glücklich.

Und auch Bella hatte ihren Spaß. Sie konnte viel herum schnuffeln. Manchen Hund hatte sie in die Flucht gebellt. Das gab immer ein großes Gelächter. Die Heldin durfte nicht fehlen. Auch die Erwachsenen wurden Müde. Das viele Laufen in der sommerlichen Hitze strengte doch an.

Einen Monat später saßen Dan und Mara eines Abends vor ihrem Haus.

»Dan, das war damals eine sehr gute Idee von dir, hier herzuziehen. Es hat so viele Nachahmer gefunden. Das es wieder möglich ist, dass Jung und Alt zusammenwohnen können. Und ist dir mal etwas aufgefallen?«

Er sah Mara fragend an.

»Es gab keine Katastrophen mehr.«

»Stimmt pflichtete Dan ihr bei. Ein schönes Gefühl und gar nicht langweilig.«

»Ja«, sagte Mara und strich über ihren runden Bauch.

ENDE

Danke

Wie immer möchte ich mich bei meinem Mann Karl herzlich bedanken. Für die vielen konstruktiven Diskussionen. Er bestärkte mich immer wieder, diesen Weg weiterzugehen.

Ich danke meinen Testlesern, ihr seid wie immer sehr hilfreich gewesen.

Ich danke das Team vom BoD ganz herzlich für die rasche Umsetzung und Veröffentlichung meiner Bücher.

Weitere Bücher aus dem Hause Bergbauer:

„Die falsche Person" Band 1 der Krimi-Trilogie

Mara und Dan arbeiten beide als Bühnenbildner im Schauspielhaus. Dort haben sie sich kennen und lieben gelernt. Dan ist Amerikaner, aber in Deutschland sesshaft geworden. Als er ihr sein Land zeigen und seinen Eltern vorstellen wollte, passierte das, womit niemand gerechnet hat. Mara verschwand spurlos. Wo war sie? Was ist passiert?

Paul und Ole freuten sich über ihren perfekt geglaubten Coup. Doch der nimmt tödliche und bedrohliche Formen an. Ein Wettlauf mit der Zeit beginnt. Ein Pressebericht zur falschen Zeit zwingt Captain Pepper zur schnellen Entscheidung. Kann er es noch schaffen?

ISBN 978-3-7345-3095-1 (Paperback)
ISBN 978-3-7345-3096-8 (Hardcover)
ISBN 978-3-7345-3097-5 (E-Book)
Verlag tredition GmbH

„Der Anschlag" Band 2 der Krimi-Trilogie

Ein Anschlag mitten in der Premiere erschüttert das Schauspielhaus. Drei Tote 25 Verletzte und davon 8 Schwerverletzte sind zu beklagen. Auch Maras Schwester Ilona wird schwer verletzt. Mara kann das nur schwer verkraften. Wie konnte es dazu kommen? War es ein Terroranschlag. Wird es ein Bekennerschreiben geben? Oder war es ein Einzeltäter? Kommissar Beck steht vor einem Rätsel. Mara und Dan kommen wie durch ein Wunder mit dem Leben davon. Der Schock sitzt tief. Benno Tanner begeht Selbstmord. War er der Täter? Für Kommissar Beck tun sich mehr Fragen als Antworten auf.

ISBN 978-3-7323-3247-4 (Paperback)
ISBN 978-3-7323-3248-1 (Hardcover)
ISBN 978-3-7323-3249-8 (E-Book)
Verlag tredition GmbH

„Sternenkuss im Fairyland"

Sternenkuss wagt eine gefährliche Reise, mit dem Ausbruch eines Vulkans in Island. Sicher landete er mit seiner waghalsigen Erfindung im Fairyland. Durch seine Erfindungen wird Sternenkuss auch gerne der Professor genannt. Im Fairyland lernte er seine spätere Frau Silberstolz kennen. Ihre Hochzeit wurde ein rauschendes Fest, wobei sich wieder einmal Herr Nimmersatt zu Dr. Medikus begeben musste.

Gasch der Troll treibt im Fairyland sein Unwesen. Kann man ihm Einhalt gebieten?

Das jährliche Wahlnussschalenrennen für die jüngsten des Fairylandes sorgt jedes Jahr für großes Aufsehen. Für die Kinderelfen- und Feen ist das immer eine aufregende Zeit. Es wird sehr spannend im Fairyland.

ISBN 978-3-7431-6433-8 (Paperback)
Verlag Books on Demond

„Kleine Wunder zur Weihnachtszeit"

Die Zauberwelt der kleinen Wunder enthält 18 schöne Geschichten über kleine Wunder zur Weihnachtszeit. Die kleine freche Schneeflocke erlebt einige Abenteuer, weil sie nie das tut, was sie eigentlich tun sollte. Fluffi kann dank seiner neuen Freunde seinem Leben eine positive Wendung geben.
Ferdinand der Schneemann erwacht in einer bitterkalten Nacht zum Leben.

Nach mehreren Büchern stellen Gaby & Karl Bergbauer nun ihr gemeinsames Werk vor. Sie wünschen ihren Lesern viel Spaß beim Eintauchen in »Kleine Wunder zur Weihnachtszeit.«

ISBN 978-3-7345-3109-5 (Paperback)
ISBN 978-3-7345-3110-1 (Hardcover)
ISBN 978-3-7345-3111-8 (E-Book)
Verlag tredition GmbH

„Ein Kobold mit weißen Haaren"

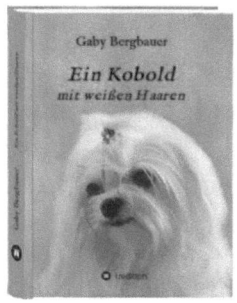

Tinka, der kleine Kobold ist eine Malteserhündin. Sie selbst erzählt aus ihrem Leben. Sie kommt mit 12 Wochen in ihr neues Zuhause. Frauchen und Herrchen hat sie sofort im Sturm erobert. Nicht so die dort lebende Malteserhündin Penny. Sie sieht Tinka als Eindringling in die Dreierbeziehung. Tinka lässt nichts unversucht, um das Herz von Penny zu gewinnen. Nach vielen Hürden und langen Wochen ist es endlich soweit. Sie wurden Freunde, die gemeinsam durch dick und dünn gingen.

ISBN 978-3-8495-9324-7 (Paperback)
ISBN 978-3-8495-9325-4 (Hardcover)
ISBN 978-3-8495-9326-1 (E-Book)
Verlag tredition GmbH

„Pennys Vermächtnis"

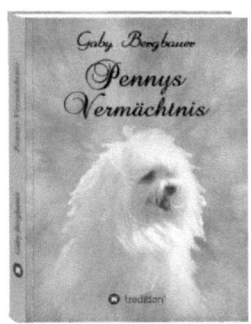

Ist eine wahre Geschichte von einer Malteserhündin, die über die Regenbogenbrücke ging. Sie erzählt noch einmal aus ihrem Leben, wie sie nach langer Ausnutzung als Showhund einfach ihre Identität verlor und regelrecht weggeworfen wurde. Wie sie sich mit ihrem Charme selbst ihre neue Familie aussuchte, wo sie zum ersten Mal in ihrem Leben Liebe und Zuneigung fand. So lernte sie eine ganz neue Welt kennen. Nach einem Umzug in ein fremdes Land schleicht sich Tinka, ein Malteserwelpe ungefragt in ihr Leben. So übernimmt sie doch noch einmal die Mutterrolle mit Bravour.

ISBN 978-3-7323-2456-9 (Paperback)
ISBN 978-3-7323-2457-6 (Hardcover)
ISBN 978-3-7323-2458-3 (E-Book)
Verlag tredition GmbH

„Die Siegerin – Vom Kind zur Frau"

Nicht jede Mutter und nicht jeder Vater sind liebende Eltern.

Der Name Laura bedeutet - die Siegerin. Laura musste schon sehr früh kämpfen und sie malte sich aus, dass sie eines Tages über alles siegen würde. Trotz aller Schmerzen und Ängste, die sie schon in jungen Jahren erdulden musste. Sie litt unter ihrer herrschsüchtigen Mutter und ihren gewaltbereiten Stiefvater. Sie suchte Schutz bei ihrer Mutter, aber sie fand ihn nicht.

ISBN 978-3-7323-5925-7 (Paperback)
ISBN 978-3-7323-5926-4 (Hardcover)
ISBN 978-3-7323-5927-1 (E-Book)
Verlag tredition GmbH

„Mein Amerikanischer alpTraum"

Karl und Gaby entscheiden sich für ein neues Leben im Land der unbegrenzten Möglichkeiten, aber der amerikanische Traum hat seine eigenen Regeln und zeigt die Grenzen des Möglichen und wiegt die Vor- und Nachteile in dem Neuen Land ab.

Ein auf und ab über 11 Jahre beschreibt das erwartete mit der Realität. Allen Emotionen bei Erfolgen und Niederlagen spiegelt sich in dieser Biografie nieder. Auswandersendungen im TV haben leider nichts mit der Wirklichkeit zu tun und so sollte ein solcher Schritt gut überlegt werden, denn es kommt meist anders als erwartet. Ein Abenteuer ist es auf jeden Fall und spannend obendrein, denn man weiß nie was morgen kommt.

ISBN 978-3-7323-2283-1 (Paperback)
ISBN 978-3-7323-2284-8 (Hardcover)
ISBN 978-3-7323-2285-5 (E-Book)
Verlag tredition GmbH